처음이에요
가족이지만

처음이에요, 가족이지만

초판 인쇄 | 2020년 1월 31일
초판 발행 | 2020년 2월 5일
초판 2쇄 발행 | 2021년 5월 10일

지은이 | 강석우, 이희원, 국문범, 김민석1, 이재열, 김원일, 박준서,
김민석2, 최동훈, 신동현, 이찬휘, 박규천, 최지민, 서현욱
발행인 | 이웅현
발행처 | 부카
주 소 | 대구시 달서구 문화회관길 165 대구출판산업지원센터 408호
전 화 | 053)423-1912 팩 스 | 053)639-1912
등록번호 | 제25100-2016-12호
편집디자인 | 김두현, 세모
교정교열 | 강남주, 서이화
메 일 | bookaa@hanmail.net

정가 12,500원
ISBN 979-11-89045-32-6

처음이에요. 가족이지만

여는 말

자녀가 세상에 태어나면서부터 부모는 자녀의 모든 것을 가까이 두고 보살피며 하나하나 기억 속에 간직한다. 하지만, 자녀는 어떠한가? 학교에서 문제를 일으키는 아이들을 보면 대부분 가정의 문제에서 원인이 발견되곤 한다. 하지만 그 문제가 전적으로 부모에게만 있는 것일까? 과연 자식들은 부모에 대해 얼마나 알고 있는 것일까?

학생들의 인성 함양을 위한 프로그램을 만들면서 심지어 나조차도 부모님에 대해 안다고 할 수 있는 것들은 생년월일, 전화번호, 하시는 일 등 부모님의 친구에 비해 아는 것이 거의 없음을 알 수 있었다. 그래서 자신의 가족을 알게 하기 위한 프로그램을 만들고자 하였고 그 결과 나온 것이 가족과의 소통을 바탕으로 가족에 대해 글을 써보는 '가족 구술사' 활동이다. 1학년들과 함께 구술사 쓰기 활동을 할 때마다 매년 심금을 울리는 작품들을 만나곤 한다. 이 책은 한 해 동안 가족 구술사 쓰기에 참여한 학생들의 작품 중 일부 작품을 모아놓은 책이다. 글을 읽는 사람들이 조금이라도 "나는 가족에 대해 무엇을 알고 있을까?"라는 생각을 갖길 바라는 마음뿐이다.

끝으로 출간을 통해 한 번 더 가족의 소중함을 돌아볼 수 있게 해준 대구시교육청 관계자 분들, 구술사 소개해 주신 영남대 박승희 교수님과 이대희 교장 선생님, 교감 선생님, 구술사 수업을 처음 시작했던 정인환 선생님 외 모든 선생님들, 출판사 부카의 관계자 분들, 그리고 항상 진지하게 인성 수업에 참여해준 모든 학생들에게 진심으로 감사의 마음을 전하는 바이다.

◆ 지도교사 **이 차 현**

여는 말

고등학교 1학년 1학기 자율 활동 시간에 가족 구술사를 써볼 기회를 가졌다. 처음 써보는 글이었지만, 쓰고 나니 나름 잘 썼다는 생각을 했다. 가족에 관한 글을 써보며 소중한 시간을 가져서 좋았고 잘 쓴 글로 뽑히기까지 하니 행복했기 때문이다.

나는 어린 시절로 돌아가 행복했던 기억들을 떠올리며 가족의 의미를 되새겼다. 좋은 기억, 나쁜 기억 모두 하나같이 소중했다. 그것들 중 중요한 것, 간직하고 싶은 것만 간추려 이 글에 담았다. 누구나 자신만의 어린 시절, 가족과의 추억을 가지고 있듯 나도 그렇다. 나만의 이야기에는 나만의 색깔과 향기가 있을 것이다. 누구에게는 매력적인 이야기로 다가갈 수도 있고 누구에게는 그저 평범한 이야기로 전달될 수도 있다. 나의 이야기가 많은 사람들에게 소박하지만 재미있는 한 편의 이야기로 다가가면 좋겠다.

가족을 돌아볼 기회를 만들어준 대건 고등학교와 이차현 선생님께 감사드린다. 또한, 언제나 나의 곁을 지켜주며 든든한 지원군이 되어준 가족들에게 진심으로 감사하다는 말을 하고 싶다.

◆ 학생대표 **박 준 서**

차례

길

길

강 석 우

따스한 햇볕이 내리쬐는 6월의 어느 낮이었다. 며칠 뒤면 기말시험이었기 때문에 나는 방안에 틀어박혀 공부를 하는 중이었다. 하지만 몇 분 못 가 무언가가 눈꺼풀을 거세게 짓눌렀고 나는 딱딱한 나무 책상에 얼굴을 박지 않을 수 없었다. 잠이 쏟아져 왔다. 새까만 공간 저 멀리서 이름 모를 옛날 노래가 울려 퍼졌고 익숙하지만 긴가민가한 아주 늙은 사람의 목소리를 들으며 따뜻한 낮잠을 즐기던 나는 얼마 못 가 거실에서 들려오는 굵은 목소리를 가진 또 다른 누군가의 부름으로 그만 잠에서 깨고 말았다.

"왜요?"

나는 내 오랜만의 단잠을 깨운 그 목소리를 향해 짜증을 한껏 실어 소리를 질렀다. 조금 기다리자 대답이 돌아왔다.

"석우야, 할매가 오랜만에 우리 집에 오신단다. 조금 있다 출발하신다 하니까 석우 니가 한 1시간 있다가 지하철까지만 나가서 좀 모시와도……."

아, 몇 년 전까지만 해도 좋아 펄쩍 뛰고도 남았을 말이었다. 할머니는 우리 집에 오실 땐 항상 음식을 가지고 오셨고 가끔 돈을 쥐여주시는 때도 있었다. 하지만 이러면 안 된다는 걸 알면서도 나는 언제부턴가 할머니가 멀리서 우리 집에 오시는 것에 별 감정이 없어지기 시작하였다. 매번 마중을 나가는 것도 좀 귀찮았을뿐더러 무엇보다도 할머니가 오실 때마다 반복하시는 옛날이야기들이 조금 지겹기도 했다. 한 번 시작되면 그 옛날이야기는 풀려버린 실타래처럼 끝이 날 줄을 몰랐다. 할머니의 이야기와 더불어 당신의 감정도 최고조에 달했을 땐 나는 차마 그 이야기를 끊을 수 없었고 그러다 보면 매번 1시간은 기본으로 넘어가 버리는 것이었다. 게다가 매번 거의 같은 내용들이라니……. 얼마나 많이 들었으면 이제는 과장 조금 섞어 할머니께서 말씀하시는 내용을 나더러 외어 말해보라 해도 말할 수 있을 정도였다. 어쨌든 알았다고 대답을 하였고 모시러 가려면 아직 조금 시간이 남아 노래를 틀었다. 이어폰을 통해 조덕배의 '나의 옛날이야기'가 흘러나왔다. 그 노래의 멜로디는 들을수록 빠져들었다. 나는 노래에 완전히 몰입하였고 따뜻한 햇살과 함께 다시 눈을 감았다.

잠시 뒤 눈을 떠보니 언제 오셨는지 할머니, 아니 할머니처럼 보이는 사람이 나와 조금 떨어진 거리에서 누군가와 즐겁게 이야기를 나누고 있었다. 나는 할머니를 모시고 오는 것을 깜박했다는 생각에 급하게 할머니를 닮은 그 사람을 할머니로 확신하고 큰 소리로 불렀다.

"할머니, 할머니!!"

그런데 무언가 이상했다. 할머니는 내 외침을 들으셨는지 못 들으셨는지 계속 그 사람과 이야기만 나누고 계셨다. 나는 할머니 연세가 오래되셔서 내가 부르는 걸 잘 못 들으시는가 싶어 한달음에 근처까지 달려갔다. 그러면 한 번쯤 돌아보실 만도 한데 할머니는 여전히 대화하고 계셨다. 결국, 정말 바로 옆까지 달려간 나는 숨을 고르고 할머니 얼굴을 바라보았다. 그리고 나는 내 눈을 의심했다. 할머니의 파마 된 희끗희끗한 머리카락과 몇 번은 접힌 듯한 그 주름들. 내가 알던 그런 할머니의 모습은 온데간데없었다. 오히려 무릎 나온 낡은 줄무늬 바지를 입고 축 늘어진 나일론 티를 입은 그 사람은 30살쯤 되어 보이는 한 여성 같았다. 머리카락도 흰머리 하나 없었다.

'이건 우리 할머니가 아닌데…….'

"하……, 하, 할머니?"

나는 조금 떨리는 목소리로 다시 한번 그렇게 불러보았다. 여전히 대답이 없었다. 이게 대체 무슨 상황인지, 나는 혼란에 빠졌다.

바로 그때, 그 정체 모를 여성은 대화를 마무리 짓더니 내가 달려온 반대편으로 걸어가기 시작하였다. 나는 우선 그녀를 따라가 보기로 했다. 그 거리는 보통 거리들과는 완전히 달랐다. 도로 길이 잘 포장되지 않아 매우 울퉁불퉁했고 길거리에 가끔 보이는 간판들은 금방이라도 떨어질 것 같은 것들이 많았다. 길에 다니는 자동차나 세워진 자동차도 거의 없었다. 한마디로 처음 보는 것들, 지금껏 보지 못했던 것들이 가득한 거리였다.

여성은 정말 한참을 걸었다. 쉬지 않고 걸은 지 한 40분쯤 됐을까, 그 여성은 잠깐 멈춰 서더니 오른쪽의 한 고물상으로 들어가는 것이었다. 나도 뒤를 따라 들어갔다. 고물상 한가운데에 엄청나게 쌓인 고물들이 있었고 높은 기계 한 대가 그 옆에서 위이잉 소리를 내며 서 있었다. 여성은 주위를 두리번거렸다. 잠시 뒤 저 구석진 곳에서 여성보다 조금 더 나이가 들어 보이는 한 남성이 나왔다. 그 사람은 여성을 매우 반갑게 맞았다. 조금 뒤에 서서 들으니 간간히 들을 만했다. 먼저 남성이 말했다.

"어서 오이소, 아이고 오늘도 장사하고 오는 길이라요?"

"예."

"아따 아도 둘 있는 젊은 사람이 참 열심히도 한다. 그래, 요즘은 뭐 박스 같은 거 잘 안 들고 오네예?"

"아, 요새 뭐 명태나 멸치 같은 거 팔로 댕기느라 바쁘다 아임니꺼. 내일부터는 또 한가득 싣고 오께예."

"예예. 어, 아들 기다리겠다, 퍼뜩 드가시소."

이들의 대화는 얼마 가지 않았다. 들어보니 여성은 장사를 하는 것 같았고 결혼해 아이들과 함께 사는 것 같았다. 여성은 다시 길거리로 나와 걷기 시작했다. 어느새 해가 저물어 가고 있었다. 아까보단 조금 덜 가서 다시 여성은 한 대문 앞에 도착했다. 그리고 서슴없이 대문을 열어젖히고 들어갔다. 따라 들어가니 넓은 마당이 펼쳐졌는데 그 끝에는 방들이 많았다. 한 집에 세를 들어 여러 가구가 함께 사는 모양이었다. 마당 수돗가에서는 쪼그려 앉아 쌀을 씻고 있던 한 여인이 여성을 반갑게 맞이했다.

"아 이제 오능교? 우린 막 밥 물라 카는데……."

그에 대꾸할 힘도 없을 정도로 여성은 매우 지쳐 보였다. 여성은 그 수돗가 바로 뒤에 있는 방문을 열었다. 얇은 이불이 하나 깔려있었고, 나란히 두 아이가 새근새근 잠을 자고 있었다. 귀여웠다. 둘 다 남자아이였는데 한 아이는 6살 정도 되어 보였고 한 아이는 정말 어렸다. 한두 살밖에 되어 보이지 않았다. 방은 정말 좁았다. 두 세평 남짓 되어 보였는데 그 안에 있는 것이라고는 구석에 서 있는 시커먼 장롱 하나뿐이었다.

'저 사람의 삶이 풍족한 것 같진 않다. 아니, 오히려 이 좁은 공간에서 아이 둘을 키우며 사는 것이 힘들 것 같은데…….'

나는 속으로 이렇게 생각했다. 여성은 아이들이 잘 자고 있는지를 확인하고는 바로 부엌으로 갔다. 나도 따라갔다. 부엌에도 있는 것이라고는 시커먼 연탄아궁이와 그릇들이 몇 개 올려진 작은 찬장이

전부였다. 여성도 쌀을 씻었다. 그리고 그 쌀을 솥에 넣고 연탄을 데워 아궁이에 넣었다. 밥이 다 되자 여성은 방에 가지고 들어가 두 아이와 함께 식사했다. 반찬도 간장이 다였지만 함께 식사하는 세 사람은 내가 본 이 세상 누구보다 행복해 보였다. 그렇게 그날 밤이 깊어갔다.

다음 날이었다. 여성은 아침 일찍 일어났다. 새벽 4시였다. 두 아이는 아직 자고 있었다. 여성은 대문을 나와 어딘가로 급히 향했다. 그리고 또 한참을 걸었다. 나도 뒤따랐다. 그녀가 도착한 곳은 바로 두부 공장이었다. 두부 공장은 그 주위 건물 중 가장 높고 넓었다. 두부 공장 앞에 가니 그 앞에 있던 한 남자가 여성에게 두부 한 판을 건네주었다.

"오늘도 역시 사러 오실 줄 알고 있었습니다. 200원이요."

그가 말했다. 여성은 주머니에서 동전을 한 움큼 꺼내 그에게 건네주었다. 그리고는 이번엔 두부 한판을 머리에 지고 왔던 길을 되돌아갔다. 다시 대문을 열고 들어가니 누군가 마당에 나와 있었다. 여성은 약간 당황하는 기색이 역력했다. 서 있던 여자가 말했다.

"또 두부 가지러 갔다 오나 봐요? 그나저나 이번 달에는 월세 내셔야 하는데……. 벌써 두 달 치 밀린 거 알죠?"

여성은 어쩔 줄 몰라 했다.

"저……. 다음 달 거까지 같이 해서 낼께예. 지금 돈이 없어예……."

서 있던 여자는 그 집의 주인인 듯했다. 어쨌든 겨우 승낙을 받은 여성은 자기 방문을 열었다. 두 아이는 그새 깼는지 울고 있었다. 여성은 두 아이를 달랬다.

"야들아, 엄마 왔어. 엄마 왔어, 울지!"

울음을 그친 조금 더 커 보이는 아이는 여성 옆에 섰다. 아주 어린 아이는 여성의 등에 업혔다. 그리고 여성은 보자기로 어린 아이를 등에 감쌌다. 한 손으로는 두부를 머리에 이고 한 손으로는 더 큰 아이의 손을 꼭 잡았다. 그리고 세 사람은 어딘가로 길을 나섰다. 도로로 나간 여성은 걸어다니며 외쳤다.

"두부 사세요. 맛있는 두부 사세요!"

그러다 보면 한 사람 한 사람씩 문틈으로 빼꼼히 고개를 내밀곤 했다.

"얼맙니꺼?"

"한모에 20원입니더. 이거 어디 가서 이래 못 사먹습니데이, 싸고 맛있으니까 함 드시보이소."

별로다 싶어 들어가려 하면 두 아이도 어머니의 장사의 도우려는 듯 귀여운 표정을 짓고 있었다. 그러면 그이도 허허 웃으며 두부를 한 모, 두 모씩 사 가는 것이었다. 그들은 계속 걸었다. 갑자기 여성의 손을 잡고 있던 조금 더 큰 아이가 땅에 있는 무언가를 가리키며 여성을 향해 이런 말을 했다.

"엄마, 엄마, 땅 봐봐 땅 봐봐, 이렇게 생긴 건 고물상에 갖다 못 팔아?"

땅에 떨어진 건 커다란 비닐봉지였다. 나는 그 모습이 너무 귀여웠지만, 한편으로는 그 아이가 벌써 철이 든 것 같이 보여 놀랐다. 어쨌든 그들은 계속해서 상당한 거리를 걸었다. 난 그 여성의 뒤를 따라가면서도 한두 번 혀를 내두른 것이 아니었다. 그 여성은 한 아이를 업고 두부 한판을 들면서도 매우 빠르게 엄청난 거리를 이동했다. 오히려 아무것도 지니지 않고 따라가기만 한 나는 죽을 것 같았는데 말이다. 이런 생활을 한두 번 해본 것이 아님은 틀림없었다. 해가 저물기 시작했고 두부도 어느새 거의 다 팔렸다. 여성은 집에 돌아가지 않고 중간에 어디를 잠깐 들렀다. 한 일반 주택이었다.

"계시능교?"

여성이 큰 소리로 외쳤다. 또 다른 한 여자가 나왔다.

"오늘도 비지 가지러 왔어예?"
"예, 혹시 남은 거 있습니꺼?"
"많이 있는데 가지고 가실라면 다 갖고 가이소."
"고맙습니데이."

여성은 그 비지라는 것을 여자로부터 건네받았다. 보니 비지는 두부 찌꺼기 같은 느낌이었다. 어쨌든 그것을 받아든 여성은 두 아이와 함께 집에 돌아왔다.

"야들아, 국수 먹자."

여성이 말했다. 그녀는 면을 삶기 시작했고 아까 받아온 비지라는 것을 넣었다. 파도 아주 조금 썰어 넣었다. 그리하여 식탁에 급하게 만든 국수를 내려놓았다. 세 사람은 맛있게 국수를 먹기 시작했다. 그런데 갑자기 두 아이 중 조금 더 큰 아이가 무언가 이상한 듯 고개를 갸우뚱하며 물었다.

"엄마 국수에 톡톡 터지는 맛 나는 이거 뭐야?"

나는 국수에 뭐가 들었나 싶어 쳐다보았다. 그리고 경악했다. 국수에는 아직 생생하게 살아있는 구더기들이 꾸물텅꾸물텅대고 있었다. 비지에 그런 구더기들이 들어 있었던 것이다. 그 아이는 이 구더기를 이로 씹어 톡톡 터지는 느낌을 받은 것이었다. 여성도 그걸 알고 있는 것 같았지만 아직 어린 아이를 놀라게 하지 않기 위해 아무것도 아니라고 말하는 것 같았다. 그들은 국수를 먹고 피곤했는지 곧바로 잠이 들었다.

또 하루가 지나갔다. 나는 이 세 사람을 옆에서 지켜보는데 재미가 붙었고 할머니를 모시러 가야 한다는 처음의 생각은 그만 깜박 잊고 말았다. 이 세 사람은 분명 처음 보는 것 같은데도 알게 모르게 매우 친숙했다. 나는 오늘은 또 어떤 일이 일어날까 하고 눈을 떴다. 마당이었다. 시계를 보니 새벽 5시였다. 아차 싶었는데 다행히도 여성은 이제 나가려 하는 것 같았다. 나는 또 그녀를 따라나섰다. 오늘도 장사하러 가는가 생각했는데 그녀가 발걸음을 멈춘 곳은 다름 아닌 한 염색공장 앞이었다. 그 염색공장은 매우 크고 넓었는데 위의 굴뚝으로는 시커먼 연기가 뿜어져 나오고 있었고 아래로 지나다니는 사람들은 대부분이 그 염색공장에서 일하는 사람들처럼 보였다.

여성은 한 번 큰 숨을 들이쉬었다가 내쉬더니 발걸음을 힘차게 하여 그 공장 문을 열고 들어갔다. 들어가자 내부는 '와' 하는 탄성을 자아내기 충분했다. 밖에서 보았듯이 우선 엄청나게 넓었고 시끄러운 소리를 내는 기계들이 가득했다. 이른 시간이라 그런지 사람들은 그리 많지 않았다. 몇몇 안 되는 사람들 가운데 사장처럼 보이는 남자가 여성에게 다가왔다. 그 사람은 양복을 깔끔하게 차려입고 머리는 양쪽으로 갈라 빗어놓은 모습을 하고 있었다. 여성이 먼저 인사하자 그 사람은 그녀를 반갑게 맞이했다.

"안녕하세요, 오늘부터 새로 일하게 된 분 맞지요?"

"네, 제가 아직 젊어서 일을 곧잘 합니다."

"왜 들어오게 됐다고 하셨죠?"

"아, 제가 집에 두 아들이 있어서 원래는 장사를 했어요. 그런데 장사만 하니까 돈을 많이 못 벌겠더라고요. 그래서 일할 곳을 찾다가 옆에서 염색공장이 좋다는 소리가 많아서 오게 됐습니다……."

"아, 그래요. 그럼 이제 일을 시작하실 텐데 우선 그냥 흰 옷 염색하시는 일 하시면 되거든요. 처음이니까 적응차 쉬운 일 주는 겁니다, 허허."

"아, 감사합니다. 열심히 하겠습니다!"

여성은 평소 쓰던 사투리까지 쓰지 않으려 노력하며 대답을 했다. 그리고 뿐만이 아니었다. 여성은 실제로 기계 앞에 앉아 쉬지도 않고 엄청난 속도로 일을 하는 것이었다. 기계가 사람의 속도를 따라가지 못할 정도였다. 몇 년은 그곳에서 일한 사람 같았다. 사장과 옆에 있던 직원들은 입이 떡 벌어져 여성을 쳐다보았다. 여성은 그렇게 10시간 가까이 일하고 공장을 나왔다. 그리고 어김없이 고물상에 들렀다. 여성은 거기서 자신이 염색공장에 들어가 일하게 되어 당분간 고물상에 들르지 못할 것 같다고 이야기했다. 고물상 아저씨도 잘됐다며 말해줘서 고맙다고 하였다. 여성은 그제야 집으로 발걸음을 돌렸다. 여성은 이미 울퉁불퉁한 길을 걸어왔지만 아직은 집까지 더 울퉁불퉁한 길들이 남아 있었다. 여성이 집에 도착했을 땐 이미 해가 진 뒤였다. 평소처럼 열려 있는 대문으로 들어가려는데 안에서 무언가 소란스럽더니 같이 세 들어 사는 사람들과 집주인이 급하게 뛰쳐나오는 것이었다. 그들은 숨을 헉헉거리며 여성에게 말했다.

"저기, 아줌마. 헉, 헉, 안에 지금 불……, 불이 났는데 아줌마 아들 둘이가 못 나왔어……."

"네?!!"

여성의 눈동자가 풍선처럼 부풀어 올랐다. 내가 사태를 파악하기도 전에 여성은 이미 안으로 들어가고 없었다. 나는 여성과 두 아이가 나오기를 진심으로 빌었다. 한참의 시간이 지났다. 아까는 거의 보이지 않던 불길이 이제는 대문 위에 보이는 높이로 치솟아 오르고 있었다. 나는 점점 불안해져 갔다. 바로 그때, 여성이 두 아이를 안고 불 속에서 뛰쳐나오는 모습이 보였다. 여성은 불길을 빠져나온 뒤 두 아이를 내려놓고 먼저 아이들이 괜찮은지를 확인했다. 여성의 얼굴과 팔다리는 벌겋게 상기되어 있었다. 나는 그 모습이 너무 멋있었다. 어쩌면 당연한 것일지도 모르겠지만 여성은 아이를 구하려고 망설임 없이 불 속으로 뛰어들었다. 나는 그런 생각을 하다 갑자기 떠오르는 것이 있었다. 우리 할머니가 하시는 옛날이야기 에피소드 중에도 내가 보고 있는 이 상황과 거의 비슷한 것이 있었던 것이다. 할머니도 우리 아버지와 큰아버지가 집에 있는데 불이 나서 겨우 구해 빠져나왔다는 말씀을 해 주신 적이 있었다. 이게 너무 신기해서 잘 잊혀지지가 않았다. 나는 이에 대해 곰곰이 생각하다가 잠이 잘 오지 않아 그날 밤을 거의 새고 말았다.

한바탕 화재 소동이 있고 나서 다음날이 되었다. 여성은 이번엔 강냉이를 준비하였다. 그날은 강냉이 장사를 할 작정인 것 같았다. 전날과 마찬가지고 더 어린 아이는 보자기로 감싸 등에 업고 더 큰 아이는 옆에 손을 잡았다. 세 사람은 또 걷기 시작했다.

"강냉이 사이소. 입에 살살 녹는 강냉이 사이소!"

그러자 몇몇이 또 얼굴을 내밀었다. 하지만 이번에 그들은 빈손이 아니라 강냉이를 펄 그릇을 하나씩 들고 있었다. 그리고 강냉이를 퍼 간 후 돈을 내는 대신 대부분 쇠붙이 같은 것을 여성에게 건네주었다. 그게 돈과 같은 역할을 하는 듯했다. 그래서 점점 강냉이를 팔면 팔수록 여성의 머리 위에는 받은 쇠붙이들이 하나둘씩 놓여 어느새 엄청난 양이 쌓였고 그에 따라 여성의 허리도 굽기 시작했다. 여성도 이제는 좀 힘든 듯했다. 숨은 점점 거칠어져 한참 뒤에 떨어져 있던 나도 그 소리를 들을 수 있을 정도였다. 하지만 그녀는 그럴수록 힘을 내는 것 같았다. 어렵고 힘든 순간에도 포기하지 않고 살아가는 그녀의 모습은 꼭 우리 할머니를 보는 것 같다는 생각이 들었다. 그녀는 다시 곧 발걸음을 가볍게 했고 나중에는 심지어 머리 위에 받치고 있던 물건에 손을 떼고 노래까지 흥얼거리며 두 아이와 함께 그 울퉁불퉁한 도로의 언덕을 넘어가고 있었다. 그리고 무언가 결심했는지 갑자기 큰 소리로 외쳤다.

"상길아, 부원아 니들도 참 힘들제! 그래도 우리 열심히 자알 함 살아보제이!"

나는 순간 내 귀를 의심했다. 그건 우리 큰아버지와 내 아버지의 이름이었다!

'그럼 저 여성은…….'

나는 즉시 엄청난 무언가를 깨달을 수 있었고 놀라 그 세 사람을 부르려 했다. 하지만 그들과 점점 멀어져 가는 느낌만 났고 울퉁불퉁한 높은 언덕을 거의 다 넘어가는 세 사람을 그저 바라보는 일밖에는 할 수 없었다.

'아, 저들을 불러야 하는데…….'

하며 나는 점점 그들과는 반대 방향으로 밀려났다. 세 명의 형체가 흐릿해진다. 무언가 따스하다.

갑자기 눈이 번쩍 떠졌다. 나는 책상 위에 코를 박고 있었다. 한바탕의 꿈이었던가. 나는 어이가 없어 한참을 웃었다. 그러다 한참을 곰곰이 생각에 잠겼다. 나는 꿈속에서 옛날의 한 여성과 그 두 아들의 삶을 볼 수 있었다. 그 세 사람은 힘든 상황에서도 열심히 살았고 그것만으로도 나에게 존경받을 자격이 있었다. 갑자기 방문 밖에서 굵지만 아름다운 남성의 목소리가 들렸다.

"석우야, 이제 할머니 모시러 가래이……."

보자기에 싸여 여성의 등에 업혀있던 그 사람의 목소리였다. 나는 사랑을 듬뿍 담아 대답을 보냈다.

"네……!"

그러고는 옷을 입고 2평 남짓이 아닌 49평의 집을 나섰다. 조금 걷다 보니 저 멀리서 할머니를 정말 쏙 빼닮은 한 여성이 걸어오는 모습이 보였다. 그 여성은 머리가 희끗희끗했고 얼굴에 몇 번은 접힌 듯한 주름이 있었다. 나는 얼굴에 미소를 한껏 머금은 채 당신에게 달려갔다. 그 할머니를 닮은 여성은 자신이 걸어온 80년의 울퉁불퉁한 도로를 한걸음, 한걸음 묵묵히 밟으며 걸어오고 계셨다.

흉터

흉터

이 희 원

"아빠 왔다!"

밤 12시 아버지가 들어오는 시간이다. 아버지는 항상 늦은 밤 가끔씩은 새벽에 들어오신다. 3년 전, 아버지가 직장에서 해고된 이후로 항상 아버지는 늦은 시간 집에 오시고, 봄여름가을겨울 항상 긴 옷을 입고 아침 일찍 출근하신다. 아버지의 얼굴을 볼 일도 거의 없고, 아버지가 무슨 일을 밖에서 하고 있는지도 모른다. 나는 오늘도 방에서 아버지의 목소리를 듣고 잘 준비를 한다.

6년 전까지 나는 어머니와 아버지와 행복하게 살았다. 비록 어머니는 치매에 걸리셔서 길을 자주 잃었지만, 우리의 삶은 매우 평범하고 좋았다. 그러던 어느 날, 어머니가 항상 산책을 하러 나갔다가 집에 돌아오시는 6시에 어머니는 오지 않으셨다. 나에겐 전화도 없었기에, 기다리다가 7시가 되어 집을 나섰다. 공중전화로 가서 어머니께

연락을 드렸는데 받은 사람은 웬 점잖은 남자였다. 어머니가 위급하시다는 소리를 나에게 반복적으로 하였는데, 머리가 텅 빈 느낌이었다. 서둘러 어머니가 계시던 응급실로 달려갔다. 하지만 내가 육상선수 생활을 하다가 십자인대가 파열되어 빨리 뛰지 못했던 탓일까 응급실에 도착했을 때에는 어머니의 얼굴을 볼 수 없었다.

그때부턴가 나는 아버지의 목소리를 들어야 잠이 들 수 있었다. 어머니가 늘 있던 자리에서 사라진 후 나는 아버지도 나에게서 사라지면 어쩌나? 라는 생각이 그 이유인 것 같다. 어머니의 죽음 이후로 아버지가 회사에서 승진을 하고 나와 아버지 2식구가 살기엔 경제적으로 큰 문제는 없었다. 하지만 회사의 부도로 인한 아버지의 해고 이후 다시 한번 우리 가족은 경제적 어려움을 겪고 있다.

새벽 4시 반, 화장실에 가려고 잠시 일어났다. 아버지가 출근 준비하는 모습을 오랜만에 볼 수 있었다. 칫솔을 들고 계시는 아버지의 팔에서 괴상한 자국의 흉터를 보았다. 어렸을 때, 화재현장에서 나를 구하려다가 얻게 된 흉터였다. 오랜만에 그 흉터를 보고 내심 아버지에게 감사함과 미안한 마음이 들었다. 아버지가 뒤에 서 있는 나를 보았다.

"거기서 뭐 하냐?"

"아……. 화장실 가려고요……."

짧은 대화 후 나는 다시 잠을 자러 들어갔다.

"쿵"

아버지가 문을 여는 소리가 들렸다. 새벽 5시, 지금이 아버지의 출근 시간이다. 아버지가 무슨 일을 하시는지 정말 궁금하다 하지만 나는 알 수 없다. 내가 물을 때마다 아버지는

"그걸 알아서 뭐 할라고 하니?"

라는 쌀쌀맞은 답만 할 뿐이었기 때문이다.

오늘은 개교기념일이어서 학교에 가지 않는다. 간만에 생긴 쉬는

날인만큼 친구와 시내에 가기로 하였다. 아버지가 주신 용돈을 들고, 지하철역에서 친구를 만났다. 많은 사람들, 신나는 노래들은 집에 항상 혼자 있는 나에게 커다란 즐거움이었다. 오늘도 시내에 도착하니 왠지 모르게 기분이 좋아지는 느낌이 들었다. 친구와 맛있는 것도 사 먹고 길거리 공연도 관람하였다. 이렇게 친구와 걷고 있는데 갑자기 하늘이 어두워지더니 비가 오기 시작했다. 비를 피하기 위해 바로 옆의 백화점으로 바로 들어갔다. 특별히 살게 없으니 친구와 대충 화장실 앞에서 이야기를 하였다.

친구는 나에게 새로 나온 게임을 사고 싶다고 말했다. 나는 그런 말을 하는 친구가 내심 부러웠다. 나는 지금 밥을 먹을 수 있는 것도 고마운 판국인데……. 친구에게 겉으로는,

"나도 갖고 싶어, 부모님에게 사달라고 부탁해."

라고 말을 했지만, 속으로는 당장 먹고 사는 것이 문제인 나의 집안 상황을 모르는 내 친구에게 오만 욕을 퍼부었다. 비가 그친 것을 보고, 다시 밖으로 나왔다. 밖에서 시내 구경을 조금 더 하다가 친구와 집으로 가기로 했다. 지하철역으로 가는 길에, 나는 공사일 하시는 분들의 대화를 들었다.

"00씨도 다쳤어? 아무리 돈이 필요해도 그렇지, 조금 쉬엄쉬엄 해……. 이 일만 하는 것도 아니면서……."

나는 그 아저씨의 이름을 들을 수 없었지만, 그 아저씨가 불쌍하다고 느낄 수는 있었다. 그러면서

"우리 아빠도 어디서 열심히 일하고 계시겠지……."

라고 생각했다. 그 후 지하철에 탔고, 집으로 가던 중 오랫동안 거리를 걸어서 피곤해서 그런지 깜빡 잠이 들었다. 잠에서 깨어나 보니 내려야 할 역에서 두 역이 지난 상태였다. 어쩔 수 없이 그 역에서 내려 근처의 버스정류장으로 갔다. 버스정류장에서 집으로 가는 버스를 찾아봤지만, 버스를 찾을 수가 없었다. 지갑엔 단돈 3500원……. 택시

를 타기에도 애매한 돈, 그래도 나는 일단 집으로 가기 위해서 택시를 잡았다. 택시 요금이 모자라면 그냥 내려달라고 택시 아저씨에게 말할 생각을 가지며 한 택시가 오자 택시를 잡았다. 택시를 탔다. 그런데 택시 운전을 하시는 분이 다름이 아닌 우리 아빠였다.

"어!"

우리는 동시에 놀랐다.

"어 네가 이곳엔 웬일이냐?"

"그러는 아빠는 밤에 왜 택시를 운전하고 계세요?"

아버지와 나는 서로 놀란 상태에서 자초지종을 물었다. 나는 왜 이 낯선 동네에 오게 된 지 얘기하였고, 아버지는 생활비를 위하여 밤에 택시 운전일을 하고 있다고 말하였다.

나는 놀라긴 했지만, 그래도 다행이라고 생각했다. 아버지가 하시는 일이 택시운전이라는 사실을 알고, 아버지가 너무 위험한 일을 하는 것도 아니고 나쁜 일을 하시는 것도 아니라는 것을 알 수 있었기 때문이다. 택시 안, 나는 어색한 분위기 속에 운전 속에 아버지의 뒷모습을 보았다. 그러던 중, 아버지의 목 주변에 보지 못했던 보던 상처를 보게 되었다.

"아버지, 이 흉터는 뭐하다 생긴 거예요."

"어……. 어. 그게 그냥 넘어져서 생겼다……."

나는 아버지의 대답에서 쉽게 어색함을 느낄 수 있었다. 당연히 아버지는 다른 이유로 다쳤을 것이라는 것을 느낄 수 있었다. 아버지에게 말하기가 조금 그래서 다시 묻지는 않았지만 나는 조금 신경 쓰였다.

"이제 집에 다 왔다. 아빠는 조금 더 있다가 들어갈게"

"예"

텅 빈 집에 도착했다. 나는 화장실에 들어가서 샤워를 하면서 오늘 있었던 일을 다시 떠올려 봤다. 아버지의 택시 일, 아버지의 흉터, 아버지의 어색한 거짓말.

나는 아버지가 밤에는 택시 일을 하고, 오전에는 어떤 험한 일을 하고 있을 거라고 짐작하였다. 아버지에게 미안해졌다. 원래 늘 감사함과 미안함을 느끼고 있었지만, 오늘은 일하고 계시는 아버지의 모습을 보니 조금 더 격한 감정을 느꼈다. 씻고 난 후, 난 방에 들어가 밀린 숙제를 하였다. 2시간쯤 지났을까? 아버지가 문을 열고 들어왔다.

"아빠 왔다!"

아버지의 목소리를 듣고 난 침대에 누워서 잘 준비를 했다. 아버지 걱정을 하니 잠이 잘 오지 않았다. 한참을 잠이 들지 못한 채로 누워 있었다.

"알알……."

알람 소리가 들렸다. 언제 잠이 들었는지는 기억이 안 나지만 다시 아침이 됐다.

아버지는 늘 그렇듯 먼저 출근하셔서 집에는 나밖에 없었고, 나는 스스로 대충 아침을 챙겨 먹고 학교에 갈 준비를 했다. 학교에서 늘 그렇듯 반복되는 일상을 보낸 후 집으로 돌아왔다. 집으로 돌아왔는데 아버지의 신발이 있었다. 오후 10시 30분 아버지가 최근에 한 번도 집에 있었던 시간이 아니었기에 나는 조금 놀랐다. 집으로 들어가고 나는 아버지가 우울해하고 있는 표정을 보았다.

"무슨 일 있으세요?"

내가 온 걸 몰랐던 모양인지 아버지는 흠칫 놀라며,

"아니 아무 일 없는데, 오늘 몸이 조금 안 좋아서 조금 전에 집에 왔어,"

라며 대답하였다. 아버지는 나에게 대답을 하면서 순간적으로 무엇인가를 뒤로 숨겼다.

나는 그것이 약 봉투인 것을 인식할 수 있었다.

"아빠 그거 약 아니에요?"

"어. 병원에서 감기라 카드라."

나는 아버지의 뒤에 있는 약봉투를 집어 들었다. 무슨 말인지는 모르겠지만, 각종 진통제와 주의사항이 적힌 약들을 봤을 때 단순한 감기약이 아닌 것은 알 수 있었다.

"아버지, 이건 감기약이 아니잖아요!"

나는 흥분하여 아버지에게 말했다. 아버지가 어디 아프거나 다친 것은 나에게는 있을 수 없는 일이었기 때문이다. 아버지는 별일 아니라고 말했지만, 아버지가 아픈 것은 나에게 별일 중 별일이었다.

"빨리 그 약이나 이리 내"

"이게 무슨 약인데요, 빨리 말이나 해 주세요!"

"아……, 이게 어."

아버지는 잠시 뜸들이더니, 켈로이드라는 것이라고 하였다. 그러면서 사는 데 아무 지장 없다며 나를 안심시켰다.

"쾅"

나는 왠지 모를 화와 약간의 안도감을 느끼며 방으로 들어갔다. 인터넷에 '켈로이드'라는 것에 대해서 찾아보았다. 뭔 소린지 구체적으로 알지는 못했지만, 대충 쉽게 상처가 생기고 그것이 독특한 흉터가 되는 병이란 것이고, 그로 인해 잦은 아픔과 가려움을 동반한다는 것임을 알았다. 그리고 아버지 말처럼 죽을병은 아니란 것도 알았다. 나는 아버지가 왜 항상 긴 옷을 입는지 알 수 있었다. 그러면서 아픈 아버지에게 화를 낸 것이 내심 신경 쓰였다. 그리고 아버지에게 감사함과 미안함을 느끼며 슬퍼졌다.

그렇게 나는 잠을 자러 들어갔다. 시간이 얼마나 지났을까 갑자기 창밖에 아버지의 모습이 보였다. 아버지는 길을 걷다가 갑자기 순식간에 나의 시야에서 사라졌다. 나는 눈을 비벼 봤지만, 아버지는 보이지 않았다. 그리고 나는 밖으로 나왔다. 아버지가 길가에 쓰러져 계셨다. 나는 정신이 나간 채로 자리에 주저앉았다.

"휴……."

나는 눈을 떴고, 꿈인 것을 깨달았다. 나는 꿈으로 인해 쉽게 다시 잠을 자지 못한 채 뜬 눈으로 침대에 누워있었다.

시간이 얼마나 지났을까, 아버지가 출근을 준비하는 소리가 났다. 다시 몇 분이 지나자 '쾅' 소리와 함께 아버지가 문을 열고 나섰다. 나는 아버지를 따라나섰다. 꿈에서 느꼈던 불안감 때문일까 왠지 그래야 할 것 같았다. 지금 생각해보면 아마 아버지에 대한 걱정과 아버지의 일에 대한 풀리지 않은 궁금증이 내 마음속에 존재하였기에 그랬던 것 같다. 아버지는 집 주변 지하철역으로 들어가셨다. 나도 아버지를 따라서 지하철역으로 가 아버지가 탄 지하철을 탔다. 아버지에게 들킬까 봐 아버지의 옆의 칸에 타 아버지를 지켜보았다. 20분쯤 지났을까 중앙로역에 도착했고, 그곳에 아버지가 내렸다. 친구들과 얼마 전에도 갔고, 시내에 갈 때 항상 내리는 역이었다.

"이 역 주변에 내가 엄청 다녔는데, 내가 아버지를 왜 한 번도 못 봤지?"

라고 생각했다. 잠시 생각에 잠기다가 허겁지겁 나도 그곳에서 내렸다. 바로 내리지 않아서 아버지가 시야에서 사라졌다. 나는 한참을 두리번거리다가 지하철역 밖으로 나왔다. 지하철역 밖에서 조금 걷다가 학교에 가야한다는 생각에 서둘러 지하철역으로 다시 뛰어갔다. 그 순간 나는 어디서 들은 것 같은 목소리를 들었다.

"치료 잘 받고 왔어요?"

"그럼요, 힘내서 쪼매 아파도 열심히 해야죠."

대답하는 목소리는 나에게 훨씬 더 익숙한 목소리였다. 나는 본능적으로 고개를 돌아봤고, 그곳에는 공사장이 있었고, 안전모를 쓰고 있는 아버지를 보았다. 나는 다리에 힘이 풀린 채 그 자리에 주저앉았다. 아버지는 웃으며 장비를 주섬주섬 꺼내 들었고, 내 눈에는 눈물이 났다. 정신을 차리고 아버지의 눈을 피해 다시 지하철역으로 들어갔다.

나는 멍 때린 상태로 지하철에 앉아 있었다. 학교를 가야한다는 생각에 정신을 차린 때는 이미 내려야 할 역에서 한 역이 지난 후였다. 나는 서둘러 그곳에서 내리고 눈에는 눈물이 맺힌 채로 집으로 절뚝거리며 뛰어갔다.

아버지는 내가 얼마 전 봤던 내가 불쌍히 여겼던 그 아저씨였던 것이다. 나는 아버지가 쉽게 흉터가 생기는 병을 가지고 있음에도 불구하고 공사장에서 거친 일을 하고 있다는 것을 생각하니 눈물이 저절로 났다. 집에 도착한 후 나는 다시 정신이 나간 상태로 가방을 싸다가 그냥 허공을 보고 앉아 있었다.

"따르릉, 따르릉"

그러던 중 전화가 울렸다. 등교 시간이 지났다는 것을 깨닫고 나는 허겁지겁 전화를 받았고, 전화기에는 아버지의 목소리가 나왔다.

"너 선생님한테서 아직 학교에 안 왔다고 전화 왔더라, 빨리 학교 가!"

"어. 흑. 흑. 엉엉어엉"

아버지의 목소리를 듣자 나는 울음이 그만 터져 나왔다.

"야 너 왜 그래, 무슨 일이야?" 아버지의 질문에 나는 당황하며 전화를 끊었다. 화장실로 들어가 눈물을 없애려 계속 세수를 했다. 하지만 계속 눈물이 났다. 이성적으로는 학교에 가야 한다고 생각하고 있지만, 발걸음이 떨어지지 않았다. 가방을 멨다 내리기를 수십 번 한 끝에 문이 열리는 소리가 났다.

'쿵' 소리와 함께 아버지는 땀이 난 체로 작업복을 입은 채로 나타났다. 아버지의 몸에는 땀 냄새가 진동했고, 아버지의 반팔 작업복에서는 흉터로 뒤덮인 아버지의 팔을 볼 수 있었다. 아버지는 바로 나에게로 와서 무슨 일 있냐고 물어봤다.

아마 아버지는 내가 우는 것을 보고 일 하다가 바로 최대한 빨리 달려왔을 것이다. 나는 그런 아버지의 모습을 보고 다시 한번 눈물을 흘리지 않을 수가 없었다. 아버지의 대답에 나는 울음으로 대답할 수 없었고, 대신 손으로 아버지의 작업복과 아버지의 팔을 가리켰다. 아버지는 잠시 당황하시더니 나를 안아주었다. 그러고는 "괜찮다"라고 말하며 서둘러 학교에 가라고 나를 힘으로 문밖으로 밀어냈다.

나는 우리 집 문 앞에서 깊은 생각에 빠졌다. 나는 며칠 동안 있었던 일을 정리하며 아버지가 나를 위해서 막노동을 하고, 밤늦게는 택시 운전일을 하고 계신다는 것을 알게 되었다. 막노동을 하는 과정에서 아버지는 크고 작은 상처를 얻게 되었고, 아버지가 가지고 있던 병으로 인해 아버지는 상처가 흉터로 변했고, 고통을 받고 있을 것이라고 나는 생각할 수 있었다. 아버지의 흉터는 나를 살리기 위함이었다. 어렸을 적 불길 속의 나를 구하기 위해 얻은 흉터가 그 첫 번째 흉터이고, 아버지가 막노동을 하는 과정에서 얻은 흉터도 나를 살리기 위함이었다.

갑자기 나는 아버지를 봐야겠다는 생각이 들어 다시 문을 열었다. 아버지는 울고 계셨다. 나는 아버지에게 다가갔다. 아버지가 돌아온 나를 보고 눈물을 서둘러 가리셨다. 그리고 나는 이제는 물을 수 있을 것 같았다. 그래서 물었다.

"아버지 무슨 일 하시는 거예요?"

"너도 알잖아, 막노동이랑 택시 운전."

"언제부터 하셔셔셔셨ㄴㄴㄴ나요?"

나는 겨우 울음을 참으며 다시 물어봤다.

"내가 회사에서 잘리고 나서부터 계속."

내가 알던 아버지는 분명히 능력 있는 직장인이셨다. 하지만 해고 이후 아버지는 당장 나를 먹여 살리기 위해 할 수 있는 일은 뭐든지 시작하기로 결심하였다고 하였다. 그러면서 이러한 일들도 시작한 것이었다.

그렇다. 아버지는 나를 위하여 자신의 몸은 혹사했다.

"아버지, 감사합니다……. 그리고 미안합니다."

나는 평소 못했던 오글거리는 말을 아무 망설임 없이 내뱉었다. 그리고 아버지는 나에게 말했다.

"아빠가 아들을 위하는 것은 당연한 거야. 그리고 이건 널 위해서가 아니라 먼저 떠나간 네 엄마가 바랐던 것일 거야."

드라마 속에서나 들을 법한 오글거리는 말을 아무렇지 않게 주고받은 후 나는 서둘러 문밖으로 나갔다. 인터넷에 다시 켈로이드를 쳐봤다. 아버지의 흉터, 켈로이드는 없앨 수 없는 의학적으로 없앨 수 없는 흉터라 나와 있었다.

아버지가 나를 살린 상처인 만큼 내 기억 속에도 없어지지 않을 것이다. 나는 그 날 아버지에게 효도해야겠다고 생각하였다.

그리고 그로부터 3년이 지났다. 나는 아버지를 항상 생각하며 열심히 공부한 끝에 명문대 의대에 입학을 했고, 아버지는 내가 대학에 입학해서야 비로소 막노동 일을 그만두셨다. 내가 대학에 입학했을 때 아버지는 나보다 훨씬 기뻐해 주셨고, 아버지와 기쁨의 눈물을 흘렸다.

그리고 지금은 다시 그로부터 15년이 지났다. 나는 피부과 의사가 되어 아버지의 흉터를 치료해 주었다. 그리고 아버지의 흉터는 없어졌다. 아버지에게는 20년 이상 흉터가 남겨져 있었고, 계속 생겨났다. 그리고 그 기간만큼 아버지는 나를 위해 희생했던 것이었다. 지금 나는 아버지가 되어 내 아들이 자는 모습을 보아야 잠이 들 수 있다. 20년 전 아버지가 오는 소리를 들어야 잠이 들 수 있었던 것처럼……. 옛날에 아버지가,

"아빠가 아들을 위하는 것은 당연한 거야."

라고 했던 말을 아버지가 돼서야 공감할 수 있었다. 아버지의 흉터가 완벽히 치료되고 아들의 천사같이 자는 모습을 보니 나는 간만에

느껴보지 못했던 기쁜 마음으로 잠이 들었다.

오랜만에 꿈을 꿨다. 활활 타오르는 불빛 속에 나는 두려움에 떨고 있었다. 나에게 누군가의 손이 주어졌고, 나는 그 손을 잡았다. 그 손은 아버지의 손. 그리고 누군가의 목소리가 들렸다.

"여보, 여보가 못 지켜줘도 내가 내 아들은 지킬 테니까 걱정하지 마."

꿈에서 일어나니 어머니의 기일이었다. 아버지와 아들과 함께 어머니에게 절을 했다. 어머니가 하늘에서 아버지에게 고마워했을 것이라고 생각하니 내심 기분이 좋아졌다.

– 아버지 감사합니다.

삼촌과 나의 이야기

삼촌과 나의 이야기

국 문 범

우리 가족은 먼 친척까지는 잘 만나지 않는 편이다. 간단하게 말해서 우리 가족은 엄마의 엄마 아빠인 외할머니네, 엄마의 동생인 이모, 엄마의 오빠이자 지금은 돌아가신 삼촌과 아빠의 엄마 아빠인 친할머니네, 아빠의 동생인 고모네까지만 명절 때 만났었다. 이 중에서 나는 여기서 삼촌과의 있었던 이야기들과 그 끝을 다시 써 보려 한다. 나는 삼촌의 존재를 삼촌이 돌아가시기 얼마 전에 알게 되었다. 평소에는 외할머니 집에 놀러 가거나 명절 때 인사드리러 가도 삼촌을 단 한 번도 본 기억이 나에겐 없었다. 엄마의 말로는 내가 엄청 어렸을 때 한두 번 봤다고 했었는데 그건 너무 어릴 때 기억이라 나에겐 없다. 그렇게 삼촌의 존재를 모른 채 11년을 살고 있었다. 그렇게 하루하루 살아가던 도중에, 어느 날 나는 엄마가 밤에 심각한 표정으로 전화를 하면서 울먹거리는 모습을 보았다. 그러나 나는 분위기가 무슨 일 있냐고 묻지 못할 정도로 심각해서 그냥 잠에 들었다. 그리고 다음 날 아침, 아침을 먹으면서 엄마는 말했다.

"아들, 외삼촌이 암에 걸리셨대."

이 말을 들었을 때 나는 머리가 복잡해졌다. 엄마가 어제 심각했던 이유가 이것 때문이라고 나는 생각했다. 또한, 나는 나에게 외삼촌이 있었다는 것에 또 놀랐으며 생각해보니 외삼촌이라는 뜻은 엄마의 오빠라는 뜻이었기 때문이다. 그리고 하필 병의 종류가 암이라니, 그 당시에는 암 발병률이 높았고 걸리면 사망률도 높았었다. 나는 적어도 내 주변에 사람들이 암에 걸릴 일은 절대 없을 것이라고 생각했었다. 하지만 절대란 것은 존재하지 않았다. 어느 누가 가족이 암에 걸리리라고 생각하겠는가. 난 친척이긴 하지만 잘 알지 못했던 외삼촌이 암에 걸렸다고 소식을 들었을 때 받은 충격이 엄청 컸는데, 어릴 적부터 함께 울고 웃으며 살아온 가족이였던 엄마나 이모, 할머니, 할아버지가 받으신 충격은 얼마나 컸고 속상하셨을까? 나는 그 소식을 듣고 괜스레 그날 학교에서 되게 우울하게 보냈다. 그리고 그날 밤, 나와 엄마, 아빠는 차를 타고 삼촌이 있는 칠성동으로 갔다. 가서 내가 삼촌을 마주쳤을 때, 나는 내 기준으로 초면인 삼촌에게 무슨 말을 해야 할지 모르겠어서 그냥 인사만 했다. 그리고 엄마는 삼촌에게 말했다.

"그러게 왜 이렇게 술 많이 먹고 담배 많이 펴서 이렇게 암에 걸리니."

말하면서도 엄마의 슬픔은 느껴졌다. 그렇게 이런 저런 얘기들을 하다가 다시 우리는 집으로 갔다. 가는 도중 차에서 엄마는 나에게 여러 가지 말들을 해 줬었다. 삼촌은 나랑 좋아하는 것들이 비슷했다고 스팸 먹는 거 좋아하고, 고기 좋아하고, 김 좋아하고, 야채는 별로 안 좋아하고 고기나 인스턴트 식품들 좋아했었고 야구 하는 거 좋아하고 축구 좋아하고 게임도 좋아했다면서 얘기를 해 줬었다. 지금은 아니지만, 그 당시엔 내가 야구랑 축구를 미친 듯이 하던 시절이었다. 그렇게 나는 점점 더 삼촌에 대해 알아갔다. 그리고 얼마 뒤, 삼촌과 할머니, 할아버지는 우리 집과 이모집 근처로 이사 오게 되었다. 엄마와 이모는 결혼을 했지만, 삼촌은 아직 결혼을 안 하신 상태여서 할머니 할아버지와 같이 있으신 것이다.

이제 집이 가까워졌으니 엄마와 이모는 삼촌이 우리 곁에 있을 수 있는 날이 많이 남지 않았다는 것을 알고 더 자주 할머니 집을 가서 삼촌을 돌보곤 했다. 하지만 암이라는 병은 가혹했고 신은 우리에게 자비를 베풀지 않았다. 삼촌의 병은 더 악화되어 갔고 항암 치료를 받다 보니 머리가 다 빠지셔서 머리를 아예 밀어 버리셨다. 나도 얼마 남지 않은 시간 동안 삼촌과 추억들을 많이 남겨보자라는 마음으로 삼촌이 있는 곳에 자주 가서 같이 말동무도 되어드리고 같이 집에서 야구도 봤다. 그리고 괜찮다고 잘 될 거라는 말도 했다. 그렇게 힘든 나날들을 보내다가 어느 날 나는 엄마에게 삼촌이 병원에 입원했다는 소식을 들었다. 그리고 우리 가족은 칠곡에 있는 대학병원으로 달려갔다. 도착하니 삼촌은 침대에 누워 계시고 그 주위에 할머니, 이모 등이 있었다. 나는 직감했다.

"아 진짜 얼마 남지 않았구나."

이렇게 생각한 후 슬픈 분위기 속에 있다가 집에 돌아왔다. 또 슬픈 하루하루들을 보내다가 나는 삼촌과 이렇게 된 거 사진이라도 남기자라는 생각에 다시 병원을 찾아갔다. 찾아가서 삼촌과 사진을 찍은 후 이런 저런 얘기들을 했다. 그중에서 인상 깊었던 삼촌의 말이 있었다.

"문범이랑 어렸을 때부터 자주 만났었더라면 같이 야구장 가서 야구도 보고 같이 야구나 축구도 하고 맛있는 것도 많이 먹으러 다녔을 텐데."

하면서 후회하셨는데 이 말이 나는 너무 슬펐다. 그렇게 같이 시간을 보내고 집에 왔다. 며칠 후 새벽에 나는 엄마 아빠가 새벽에 급하게 나가는 것을 보고 짐작했다.

"오늘이 마지막 날이구나."

그렇게 나는 새벽에 홀로 울었다. 그렇게 아침이 되고 내 예상은 틀리지 않았다. 엄마에게 삼촌이 돌아가셨다는 소식을 들었다. 알고 있던 사실이었지만 나는 그 사실을 받아들이기 힘들었다. 할머니는 다시 원래 집으로 이사 가시고 난 후 다시 이사 간 집을 갔더니 삼촌의 사진이 집에 걸려 있었다. 나는 집을 들어가면서 사진을 본 후 또 울컥했다. 그렇게 나와 가족들은 힘든 시간을 보냈었다. 힘든 것들이 조금씩 잊혀질 때쯤 명절이 다가왔다. 우리 집안은 제사를 지내기 때문에 이번 제사에는 삼촌도 포함이 되는 것이다. 그렇게 명절날, 우리 집에 할머니, 이모네 가족, 우리 가족이 모였고 우리는 제사상에 삼촌의 사진을 걸고 제사를 시작했다. 나는 여태까지 제사를 엄청 많이 지내보면서 운 적이 한번이 없었는데 이번엔 직접 나와 관련된 사람이 돌아가셔서 제사를 지내는 것이라 그런지 엄청 슬펐다. 삼촌의 사진을 보니 별로 긴 시간은 아니었지만, 삼촌과 내가 보냈던 시간들이 주마등처럼 나를 스쳐 지나갔다. 그리고 마지막으로 내가 들었던 말이 생각이나 나는 나의 감정을 주체할 수 없었고 엄마와 이모랑 함께 울었다. 말 그대로 눈물이 멈추지 않았다. 드라마나 영화에서 사람들이 가족이 죽었을 때 왜 그렇게 서럽게 우는지 나도 알 것 같았다. 이렇게 나와 삼촌의 이야기는 끝이 난다. 하지만 나는 아직도 한번씩 삼촌 생각이 나면 슬프고 지금 이렇게 글 쓰고 있는 것 또한 슬프다. 그래서 이번엔 내가 모든 일을 없었던 일로 하고 과거로 돌아가 있었던 일들 자체를 바꿔보려 한다.

내가 초등학교 입학하던 시절로 돌아가 다시 내용을 전개하겠다. 때는 2009년으로 거슬러 올라간다. 내가 초등학교를 다니던 시절이다. 어느 날 나는 엄마가 계모임을 간다 하기에 나는 계모임이 무엇인지도 모르지만 일단 따라갔다. 가서 나는 처음 보는 것 같은 사람들을 많이 만났다. 나는 분명 처음 보는 사람들인데 그 사람들은 나를 보고 내 이름을 부르며

"오 문범이 많이 컸네, 못 알아보겠다."

이런 말들을 많이 들었다. 그래서 나는 엄마에게 이 사람들이 누구냐고 물어봤다. 그랬더니 엄마가 한 사람, 한 사람 가리키며 이 사람은 엄마의 고모, 이모 삼촌 등 여러 얘기를 해주면서 다 우리 친척이라고 말하였다. 그중에서 나는 엄마가 엄마의 오빠라고 한 외삼촌에게 관심이 갔다. 왜냐하면 우리집은 엄마의 동생인 이모네랑은 어렸을 때부터 자주 만났지만, 엄마의 오빠인 외삼촌과는 거의 만나지 않았기 때문이다. 그래서 나는 외삼촌에게 가서 말을 걸었다. 외삼촌은 TV를 뚫어져라 쳐다보고 있으셨다.

"안녕하세요."

이렇게 말을 건네니 삼촌은

"어 범이네. 오랜만이다 많이 컸네!"

역시 다른 사람들과 같은 말을 하셨다. 나는 또 말을 건넸다.

"아까부터 야구만 뚫어져라 쳐다보시는데 야구 좋아하세요?"

라고 물으니

"당연하지 야구가 얼마나 재미있는데."

라며 말씀하셨다.

"그럼 야구장 가서 야구 본 적 많아요?"

이렇게 물었다. 그러니까 삼촌이

"어 자주 가서 본다. 너도 다음에 같이 가서 볼래?"

이렇게 물어보셨다. 그래서 내가

"좋아요. 이제 곧 방학이니까 그때 같이 가요."

라고 말했다. 그렇게 내 기준에서 나와 삼촌의 첫 만남이 끝나고 나는 집으로 돌아갔다. 그리고 방학이 되었다. 나는 엄마에게 말했다.

"엄마, 나 외삼촌이랑 야구 보러 가고 싶어."

그래서 엄마가

"그래 그러면 삼촌한테 말해서 예매해라."

이렇게 말해서 나는 삼촌에게 전화해서

"삼촌 엄마가 야구 보러 가도 된다고 야구 예매하래요."

라고 해서 삼촌은 알았다고 했다. 그렇게 예매 당일 날 우리 집 앞에 삼촌이 차 타고 와서 나를 태우고 가셨다. 야구장에 도착한 뒤, 외야 쪽을 가면서 나는 치킨을 봤다. 치킨을 보면서 우와 맛있겠다. 라고 생각했던 순간 삼촌이 그걸 사셨다. 그러면서 말씀하셨다.

"맛있겠지? 나는 여기 오면 이거 자주 사 먹는다."

그래서 나도 대답했다.

"아 저도 이거 지금 딱 먹고 싶다고 생각했었어요."

삼촌이 말했다.

"오 나랑 통했네."

이렇게 나는 삼촌과 먹는 거 좋아하는 것이 비슷했다. 그렇게 이런 저런 얘기를 하면서 우리는 야구를 봤다. 그러던 도중 이승엽 선수가 만루 홈런을 쳤다. 내가 말했다.

"어 공이 우리 쪽으로 와요!!!"

그러자 삼촌이

"내가 잡아줄게."

하면서 글러브 낀 손으로 잡았다.

"우와 나도 홈런 볼은 처음 잡아본다."

이렇게 우리 둘은 흥분했다. 삼촌이 말했다.

"이야 너랑 오니까 이런 일도 생기네."

"이번에 야구장 처음 온 건데 너는 운도 좋네. 옜다 선물이다."

하시면서 나에게 홈런 볼을 주셨다. 그때 나는 기분이 엄청 좋았고 옆에 사람들은 다 부러워하는 시선이었다. 그리고 그 날의 경기는 삼성이 압도적으로 롯데를 이겼다. 나는 야구경기가 끝나고 삼촌에게 말했다.

“이야 야구 재밌네요, 다음에 또 오고 싶고 실제로 야구 해보고 싶어요.”

그러니 삼촌은

“그러면 방학 끝나기 전에 한 번 더 만나서 이번엔 진짜 야구 해볼까?”

이렇게 말했다. 그래서 나는

“좋아요! 꼭 야구해야 돼요. 약속이에요.”

이렇게 말했다. 그렇게 야구가 끝나고 집에 가서 나는 엄마와 아빠에게 자랑했다.

“삼촌이랑 야구장 가서 같이 치킨도 먹고 이승엽 선수가 만루 홈런 친 공도 삼촌이 잡아서 나한테 줬고 야구도 이겼고 다음에 또 만나서 같이 야구 하기로 했어.”

이렇게 자랑했더니 엄마가

“재미있었겠네!”

아빠가

“이야 이승엽 선수 홈런 볼도 잡고 운도 좋네! 부럽다야.”

이렇게 말씀하셨다. 그래서 내가 아빠에게 다음에 삼촌이랑 야구 할 거라고 야구 장비들을 사 달라고 말했더니 아빠가 흔쾌히 허락해 주셨다. 그리고 야구 장비가 오고 삼촌이랑 야구 하기로 한 날이 왔다. 이번에도 삼촌이 차를 타고 우리 동네로 오셨다. 이번엔 멀리 가지 않고 우리 집 뒤에 있는 공터에서 같이 하기로 했다. 하지만 나는 야구를 보기만 했지 어떻게 하는지는 몰라서 삼촌에게 물어봤다.

“이거 어떻게 해야지 공을 투수처럼 던질 수 있어요?”

그러자 삼촌이

“음, 공을 투수처럼 던지려면 니가 던지고 싶은 곳을 바라본 뒤에

왼 다리를 들고 오른팔을 뒤로 올려서 든 다음에 힘을 실어서 앞으로 던지면 돼."

라고 말하시면서 던지는 모습을 직접 보여주셨다. 나는

"우와 신기하다."

하면서 나도 따라해 봤다. 하지만 나는 제대로 되지 않았다. 삼촌이 말했다.

"이게 보기처럼 쉬운 게 아니야 그래도 열심히 연습하다 보면 쉽게 쉽게 할 수 있을 거야."

그래서 나는 계속 공 던지는 연습을 했다. 1~2시간 공을 계속 던지는 연습을 하다 보니, 이제 좀 공을 원하는 곳에 힘을 줘서 던질 수 있게 되었다.

"이야, 삼촌 이제 제대로 던질 수 있어요!"

이렇게 말했다. 그랬더니 삼촌이

"그래, 열심히 하다 보면 이제 던지는 게 쉽지? 할 수 있을 줄 알았어."

이렇게 말했다. 그리고 난 뒤 나는 삼촌에게

"이번엔 공치는 방법을 알려주세요."

라고 말했다. 그랬더니 삼촌이

"음 공을 잘 치려면 공을 끝까지 본 뒤에 칠 수 있을 것 같다. 라고 생각이 들면 힘을 줘서 배트를 뒤에서 앞으로 휘두르면 돼."

라고 말했다. 그것도 역시 처음엔 쉽지 않았지만 계속 연습하다 보니 공을 어느 정도 치게 되었고, 그러던 어느 순간 삼촌이 던진 공을 제대로 쳐서 저 멀리 날아갔다.

"우와 삼촌 홈런이에요 홈런!"

나는 흥분한 채로 말했다. 그랬더니 삼촌이

"이야 멀리도 쳤네. 공 못 찾겠다."

라고 하면서 웃었다. 그렇게 해가 질 때까지 삼촌이랑 야구를 한 뒤에 우리 집으로 같이 가서 엄마와 아빠와 함께 고기를 구워 먹었다. 먹으면서 나는 또 엄마와 아빠에게 자랑했다.

"엄마, 아빠 나 오늘 삼촌이랑 야구 하면서 공도 세게 던질 수 있게 됐고 삼촌 공 홈런도 쳤어."

이렇게 자랑했더니 엄마, 아빠가

"이야 대박이네. 우리 아들 야구선수 해도 되겠다."

하면서 칭찬하셨다. 그렇게 말한 뒤 나랑 삼촌은 고기를 폭풍 흡입했다. 그 모습을 엄마가 보더니 말했다.

"이야 둘이 진짜 좋아하는 거 비슷하네. 스팸도 좋아하고 김 좋아하고 치킨 좋아하고 고기 좋아하고 둘이 똑같네 똑같아."

이 말을 듣고 나랑 삼촌은 씨익 웃었다. 그리고 난 뒤 또 삼촌은 제안하셨다.

"우리 다음엔 가족끼리 바닷가로 캠핑 한번 갈까?"

라고 말했다. 그래서 나는 당연히

"좋아요. 무조건 가요!"

라고 했고 엄마와 아빠도

"재밌겠네. 한번 가자."

라고 했다. 그렇게 나는 캠핑 가는 날만 기다리고 또 기다렸다. 그리고 캠핑 당일, 삼촌은 또 우리 집 쪽으로 와서 기다리고 있었다. 그리고 우리가 텐트, 타프, 의자 등 캠핑용품을 옮기는 걸 도와주셨다. 그렇게 준비를 한 후 우리는 남해로 떠났다. 3시간 반에 걸쳐 남해로 도착한 후 우리는 다 같이 캠핑장에 가서 텐트를 치기 시작했다. 나는 엄마를 도와줬고 삼촌은 아빠와 텐트를 치고 타프를 쳤다. 그리고 우리는 옷을 수영복으로 갈아입고 바다로 뛰어갔다. 바다로 뛰어가는 도중 내가 말했다.

"으아, 모래가 너무 뜨거워요."

그랬더니 삼촌과 아빠가

"빨리 달려라!!"
하면서 먼저 도망가서 나랑 엄마가 그 뒤를 쫓아갔다.
"받아라!"
삼촌이 물을 뿌렸다. 내가 받아쳤다.
"호잇!"
이렇게 물 뿌리고 놀다가 엄마랑 아빠랑 팀을 짜고 나랑 삼촌이 팀을 짜서 2대 2로 바닷속에서 비치볼로 게임을 했다. 공을 띄워서 공중에서 치다가 물에 떨어지면 지는 게임이었다.
처음에는 나와 삼촌이 먼저 서브를 넣었다. 삼촌이 공을 엄청 높게 띄워서 엄마 쪽으로 던졌더니 엄마는 받지 못하고 얼굴에 맞았다. 그 후에 아빠가 다시 서브를 보내서 나한테 왔다. 나는 공이 왔는데 겁먹어서 눈을 감고 앞을 막 휘둘렀다. 하지만 운이 좋아서 공이 맞아서 넘어갔다. 그 후에 본격적으로 아빠와 삼촌의 스매시 대결이 시작되었다. 내가 띄워서 아빠에게 공이 가면 아빠가 스매시를 때리고, 그 공을 또 삼촌이 받아쳐 내고 엄마가 치고 이런 식의 랠리가 계속되었다. 이렇게 열심히 게임을 한 끝에 결국 나랑 삼촌 팀이 이겼다. 그렇게 게임을 한 후 이번엔 수경을 끼고 바닷속에서 조개 캐기를 했다. 삼촌이랑 아빠는 물속으로 들어가서 조개를 직접 찾으러 다녔고 나랑 엄마는 모래를 파서 조개를 잡았다. 나랑 엄마는 큰 조개를 많이 잡은 반면에, 아빠랑 삼촌은 별로 잡지 못하였다. 그래서 나랑 엄마는 두 사람에게 말했다.
"왜 이리 못 잡니? 분발 좀 해!"
이렇게 아빠랑 삼촌을 도발했다. 그러자 아빠랑 삼촌이 자극받아서 더 열심히 조개 잡으러 돌아다녔다. 그렇게 열심히 조개를 잡은 뒤 우리는 샤워장에 가서 차가운 물로 샤워한 뒤에 텐트에 모여서 고기를 굽기 시작했다. 역시 캠핑장에서 숯불에 구워 먹는 고기는 정말 맛있었다. 그리고 난 후 우리는 아까 잡았던 조개를 해감한 후에 해

물 라면을 끓여 먹었다. 나는 그렇게 맛있는지 모르겠지만 엄마나 아빠, 삼촌은 국물이 얼큰한 게 정말 맛있다. 라고 했다. 그렇게 밥을 먹은 뒤 나는 삼촌과 함께 야구공을 들고 캐치볼을 했다. 저번에 배웠던 대로 공을 열심히 던졌다. 그걸 지켜보던 아빠도 재미있어 보였는지 아빠도 같이 캐치볼을 했다. 그렇게 엄마는 쉬는 동안 나랑 아빠와 삼촌이 캐치볼을 한 후에 우리는 다 같이 의자에 앉아 빔프로젝터를 연결한 뒤 영화를 봤다. 캠핑장에서 보는 영화라 그런지 더 재미있었다. 그 후에는 다 같이 다시 바다에 가서 폭죽을 쐈다. 먼저 모래에 꼽은 후에 쏘는 폭죽을 5개 사서 일렬로 꼽은 다음에 라이터로 불을 연속으로 타다다다 붙여서 휘익~! 거리는 소리가 계속 들리게 폭죽이 날아갔다. 그걸 보며 나는 생각했다.

"우와 엄청 예쁘다."

그리고 이런 생각이 들었다.

"가족끼리 이런 시간을 보낼 수 있다는 것이 진정한 행복이 아닐까?"

그렇게 꼽는 폭죽을 다 쏘고 난 후 손으로 잡아서 돌리는 폭죽을 했다. 그 폭죽은 노란 빛깔이었는데 엄마가 내가 흔드는 것을 보고 예쁘다면서 사진도 찍어줬다. 그렇게 캠핑장에서 신나게 놀고 난 후 우리는 삼촌을 집에 데려다 주고 집으로 갔다. 집에 가는 길에서 나는 말했다.

"이렇게 엄마랑 아빠랑 삼촌이랑 다 같이 놀러 가니까 너무 재미있어 다음에도 또 가고 싶어."

이렇게 말했다. 그랬더니 엄마 아빠도

"어 그래 오늘 좀 재미있었다. 다음에 기회가 되면 또 가자."

이렇게 말했다. 이렇게 행복한 하루하루들을 보내다가 어느 날, 나는 엄마가 심각한 표정으로 나에게 와서 할 말이 있다고 하셨다. 그래서 내가,

"뭔데요?"

라고 하니 엄마가 말했다.

"삼촌이 암에 걸리셨데."

이 말을 듣고 나는 충격을 받았다. 그 당시에 암은 걸리면 거의 무조건 사망이라는 얘기가 많았기 때문이다. 나는 슬픔을 감추지 못하고 그 자리에서 울었다.

"엄마, 삼촌 죽는 거야?"

라고 물어보니 엄마도 울먹거리면서 말하셨다.

"아니야 살 수 있을 거야."

엄마의 목소리가 떨렸다. 나는 삼촌이 죽는다는 것을 상상할 수 없었다. 엄청 재밌게 놀았었는데, 아직 삼촌과 해보고 싶은 게 많고 더 오랫동안 보고 싶은데 그 삼촌이 암에 걸려 돌아가실지도 모른다니, 나는 며칠 동안 우울한 상태로 계속 있었다. 며칠 뒤 삼촌은 우리 동네로 할머니와 할아버지랑 함께 이사 오셨다. 왜냐하면, 엄마와 이모는 결혼을 했지만, 삼촌은 결혼을 하지 못해서 할머니, 할아버지와 함께 살고 있었기 때문에 할머니 혼자서 삼촌을 간병하기엔 조금 버거워서 엄마와 이모가 자주 가면서 간병하기 위해서이다. 나 또한 자주 가서 삼촌에게 걱정되는 마음에 괜찮냐고 물어봤다. 괜찮을 리가 없었는데 삼촌은 나에게

"괜찮다. 나으면 또 다시 야구 보러 가야지."

이렇게 말했다. 그 말에 괜히 난 더 슬퍼졌다. 그렇게 삼촌은 항암 치료를 받으시다가 머리까지 다 빠지셨다. 그리고 이제 수술 준비를 하셨다. 하지만 병원에서 의사가 말했다.

"솔직히 이 수술에서 암을 제거하고 살아남을 확률은 적습니다."

이렇게 말을 했지만 우리는 포기 하지 않고 그 적은 확률을 믿기로 했다. 그렇게 수술을 하기 전에 나는 삼촌에게 말했다.

"삼촌 꼭 수술 성공해서 돌아와야 해요. 같이 또 야구도 하고 밥도

먹고 해야죠."

그러니까 삼촌이 말했다.

"그래. 꼭 다시 야구 하고 야구장도 가자."

이 말을 남기고 삼촌은 수술실로 들어가셨다. 수술은 엄청 오랫동안 진행되었다. 그렇게 수술이 끝나고 의사 선생님이 하는 말이.

"수술은 잘 끝났지만 앞으로 환자가 어떻게 사는지에 따라 오래 살지 다시 암이 재발할지 갈릴 겁니다. 앞으로 절대 술, 담배는 안 됩니다."

그 말은 즉 수술은 잘 끝났고 다시 삶을 살 수 있다는 것이다! 그래서 나와 엄마는 기쁨의 눈물을 흘렸다. 삼촌의 마취가 풀린 뒤, 우리는 삼촌에게 갔다.

"삼촌 이제 암 다 제거했데요! 앞으로만 조심하면 다시 건강하게 살 수 있데요."

내가 말했다.

"이야 그거 천만다행이네 죽는 줄 알았어."

삼촌이 말했다. 그 후 삼촌은 무사히 퇴원하게 되었고 여자 친구도 생기게 되었다. 5년 뒤, 나는 삼촌의 결혼식장에 왔다.

"삼촌 결혼 축하드려요."

내가 말했다.

"어 그래. 고맙다."

삼촌이 말했다. 삼촌은 아무 일도 없었다는 듯이 다시 일상생활이 가능하게 되었고 여자 친구와 결혼도 하게 되었다. 그리고 나는 삼촌이 신혼여행 가기 전에 삼촌에게 물었다.

"삼촌, 같이 야구 보러 가실래요?"

삼촌이 웃으면서 말했다.

"그래."

– 끝 –

삼촌, 몇 년이 지난 지금도 저는 삼촌이 마지막에 저와 함께 보냈던 순간들을 기억합니다. 같이 꼭 한 번쯤은 야구장 가보고 싶었는데 결국 못 가본 한을 여기서라도 풀어 봅니다. 하늘나라에서 잘 지내시고 계시죠? 저는 건강하게 잘 살고 있답니다. 제사를 지낼 때 아직까지도 삼촌 생각만 하면 가슴이 울컥합니다. 보고 싶습니다.

– 문 범 –

우리 모두의 영웅전

우리 모두의 영웅전

김 민 석 1

영웅! 현재에는 많은 영웅이 존재한다. 유명 영화에 나오는 영웅, 소방관, 순국자, 만화 속의 주인공 등 많은 영웅이 존재한다. 우리가 어릴 적에는 대부분이 부모님, 그중에서도 아버지가 우리의 영웅이었을 것이다. 그러나 내 생각에는 우리 모두에게 영웅은 어릴 적에나 지금이나 아버지인 거 같다. 지구를 구하거나 못된 악당으로부터 지켜주지는 않았지만, 우리 모두에게는 유명 슈퍼히어로 보다는 더 멋진 그런 존재였다.

나는 2002년 우리나라에 붉은 악마가 길거리에 쏟아져 나올 당시에 태어났다. 박지성이 포르투갈의 골망을 흔들 때, 나의 영웅은 나 때문에 집 밖으로 나가지도 못하고 나를 안은 체 집 안에서 기뻐했다.

아버지가 그러했듯이, 나도 나의 아이를 위해 사는 그런 영웅이 되고 싶었다. 하지만 나의 어린 시절은 나의 영웅과는 다른 삶이었다.

자주 영웅에게 혼이 났으며 누구를 지켜주기는커녕 누가 나를 지켜주기만 했다. 나의 삶이 나의 영웅과는 전혀 다른 삶이다 보니 나는 공부를 열심히 해 영웅보다 더 뛰어나 지길 원했다. 순수한 승부욕이라 할 수 있겠다.

나는 이러한 이유로 초등학교에 들어가 공부를 열심히 했다. 조금 열심히 가 아니라 정말 열심히 했다. 초등학교가 나라였고, 지구였고, 전부였다. 그렇기 때문에 초등학교 공부가 거의 전부라 생각했고 꽤나 머리가 좋다고, 박식하다는 소리를 많이 들었다. 나는 언제나 자신감에 가득 차 있었고 그 덕분에 시험을 치고 나면 친구들은 답을 내 시험지와 비교하며 자신의 점수를 매겨보았다.

나의 영웅은 친구가 많았다. 항상 어딘가를 가게 되면 영웅의 친구들이 좌우에 늘어져 늠름한 모습으로 나를 반겼다. 할머니의 앨범 속에는 늘 아버지와 친구들이 함께 있었다. 그런 아버지를 닮아서일까, 나 또한 친구를 많이 사귀게 되었다.

친구를 많이 사귀면서 자연스레 친구들과 게임도 같이 하고 놀러 다니면서 성적은 하락세라 보기에는 나이가 웃기지만, 하락세를 보이기 했다. 지금 생각하니 코웃음만 난다.

나는 아침에 일찍 일어나는 편이었다. 일찍 일어나서는 언제나 텔레비전을 보았다. 아침에는 교육방송을 자주 봤지만 알아들을 리가 만무했다. 그러면서 아침프로그램을 자주 접하고 방학 때는 아침드라마를 자주 보면서 나의 영웅이 진짜 영웅이 아니라 아침프로그램이나 드라마에 나오는 한 사람처럼 지극히 평범한 아버지라는 것을 알았다.

나의 영웅이 진짜 영웅이 아니란 것을 알게 되자 나는 더이상 영웅이 엄청난 존재로 느껴지지 않았고 이에 따라 공부는 더욱 멀어졌다. 물론 내가 공부를 안 했던 것을 아버지 탓하는 것은 아니다.

초등학교를 졸업하고 나는 이사를 갔다. 내가 보기에도 이사 온 이유는 뻔했다. 공부 좀 하라고 간 것이 틀림없었다. 그도 그럴 것이 내가 진학한 중학교가 남자 중학교이며, 그 학교의 학칙에는 학생들이 공부에 방해되지 않게 머리를 짧은 스포츠형으로 깎으라는 조항이 있었기 때문이다. 나는 처음에는 매우 긴장했다. 이 중학교에 온 사람들 중 내 초등학교를 나온 사람은 없었으며, 다들 머리를 짧게 깎고 있어서인지 분위기가 매우 험악해 보였으며 다들 학기가 시작하자 며칠 동안은 공부만 했기 때문이다.

그러나 친구들끼리 좀 친해지면서 분위기는 완전 다른 판이 됐다. 친구들과 학교를 마치고 가는 곳은 언제나 피시방이었으며 점심시간에는 축구밖에 안했다. 휴일마다 친구들과 놀러 나가는 나를 보고 아버지는 항상 쓴소리를 하셨다. 고진감래라고 했던가, 그래도 나는 개의치 않고 놀기만 했고 시험성적은 난생 처음 받아보는 점수가 나왔다. 그때서야 나는 아버지의 쓴소리가 떠올랐지만, 그 나이에서는 그런 깊은 뜻을 가진 아버지의 말씀을 잔소리로밖에 여기지 않았기 때문에 그냥 한번 떠올리는 정도로 끝난 것 같다.

그래도 나는 그런 잔소리가 너무 귀찮았기 때문에 그 잔소리를 듣지 않기 위해서라도 공부하는 모습을 보였다. 조금이라도 공부를 해서일까, 나의 성적은 우상향 그래프를 그리기 시작했다. 이렇게 좋은 모습을 보였으니 아버지의 잔소리는 줄어들 거라 생각했다. 하지만 웬일, 잔소리는 더 늘었다. 내가 성적을 올린 것은 그만큼 능력이 있단 뜻이라고 더 잘해서 상위권 성적을 받으라는 것이었다. 나에게는 너무 큰 부담이었다. 내가 아무리 보여드려도 아버지는 만족하시지 않으실 것 같았다. 어머니는 잘했다고 칭찬을 해주시는데 아버지는 잘했다. 한마디도 않으셨다. 나는 이런 아버지가 조금 미웠다.

그러다가 중1 기말고사 끝난 뒤였다. 나는 언제나 그렇듯이 친구들과 축구를 하고 있었다. 즐겁게 하던 중에 친구가 공 대신 내 발목을 걷어찼다. 우두둑거리는 뼈가 뒤틀리는 소리와 함께 나는 쓰러졌다.

그때 너무 아파서 누군가를 찾았지만, 아버지가 조금 미웠기 때문에 아버지 대신 어머니가 머릿속에 떠올랐다. 다행히 뼈는 부러지지 않았고 인대가 조금 다친 것 같았다. 발에 깁스를 한 채 집에 들어가니 아버지는 많이 아프냐는 말 한마디도 없이 사내자식이 별 거 가지고 엄살 피운다고 머라 하셨다. 이 말 한마디에 나는 엄청 섭섭했다.

이 일이 있고 몇 주일 뒤 나는 게임하느라 학원을 늦어 아버지와 엄청 싸웠다. 이전에도 몇 번 그런 일이 많았기 때문에 아버지는 이번만큼은 못 참으시겠다고 했다. 아버지는 나에게 계속 잔소리를 하셨다. 물론 나는 듣지 않고 흘리면서 빈정대는 말투로 대답했다. 아버지는 이런 나의 태도에 화가 나셨고 아버지의 커다란 손이 내 얼굴로 날아왔다. 나는 내가 맞은 게 너무나 기분 나빴고 무엇보다 나에게 자주 뭐라고 하시던 아버지가 미웠기에 더더욱 기분 나빴다. 다음 손찌검이 날아오자 나도 가만있지는 않았다. 물론, 내가 아버지를 때리지 않았다. 내가 한 행동은 아버지의 손을 막는 것이었다. 내가 맞는 것에 불복하자 아버지는 더 화나신 듯했다. 나는 정말이지 실망했다. 어릴 적 나를 지켜주던 나의 영웅이 이제는 뭐 때문에 나를 못 때려서 저렇게 화가 나 있을까 하고.

내가 잡은 손을 놓자 아버지도 때리던 손을 놓으시더니 내가 공부는 안 하고 놀기만 한다는 등 계속 같은 말을 반복하셨다. 나는 계속 듣다가 너무 화가 나서 그만 내 휴대폰을 소파로 던졌다. 흥분해서 힘 조절에 실패한 것인지, 휴대폰은 소파를 지나쳐 그대로 책장모서리에 박고 튕겨져 나왔다. 아버지는 화가 나서 더욱 나를 때렸다.

그렇게 한참 실랑이가 있은 후, 나는 휴대폰 상태를 알아보러 갔다. 아뿔싸, 휴대폰의 오른쪽 위 모서리에서 중앙까지 화면이 보이지 않고 검은색으로만 채워져 있었다. 나는 아버지에게 맞아서 운 것보다 휴대폰이 심하게 망가져서 울었던 게 더 서러웠던 것 같다. 휴대폰에 가득 차 있는 검은색처럼 내 마음도 검게 변해갔다. 검게 변한 만큼 나는 공부는 더더욱 하지 않고 친구들과 놀기만 했다. 학원 숙제는 안 하기 부지기수이었고, 학원을 빠지고 피시방을 가기도 했다. 내가 그럴 때마다 내 휴대폰에 채워지는 검은색은 내 어릴 적 영웅의 마음에도 채워져 갔다. 중학교 때 나는 친구와 싸운 것보다 아버지와 싸운 횟수가 더 많았다.

2학년 말기에는 학교에서 논다하는 친구들과 친해져 공부는 더더욱 안 하게 되었다. 밤이 깊었는데도 친구들과 있기 부지기수이었고 나와 원래 알고 지내던 내 친구들은 나보고 공부도 안 하고 좀 변했다고 했다. 나는 아버지께 이런 사실을 들키면 혼날까 봐 집 안에서는 가식적으로 행동했다.

그러다가 가족끼리 캠핑을 간 날이었다. 아버지가 나에게 물었다.

"요즘 뭔가 변한 거 같다. 예전에는 게임만 하고 놀러 나가더니 요즘은 이야기도 자주하고 뭐 원하는 게 있나?"

나는 이 한 마디에 가슴이 뜨끔했다. 뭔가 아버지가 알고 계신 것 같은 느낌이 들었다. 그래도 나는 그게 진짜 모습인 양 계속 그런 모습을 보였다. 그러기를 몇 개월, 나의 이 가식적인 태도는 내 성격으로 변했다. 가식적으로 변한 것이 아닌 가족과 이야기를 자주 하는 것이다. 주위에서 어른들이 항상 물어보시는 말씀이 부모님과 친하냐고 많이 묻는다. 다른 부모님들이 느끼기에도 나와 부모님이 가까운 사이라고 느끼는 것이다. 나는 솔직히 좀 좋았다. 이전에는 싸우기만 하고 별로 친하지 않다는 느낌만 가득했고 가족과 어디 가는 게 귀찮았지만, 어느새 나는 가족이라는 곳으로 스며들고 있었다.

그래도 친구들과 놀기만 하는 것은 바뀌지 않았다. 소위 말하는, 좀 노는 친구들과 몰려다니면서 학교에서는 1학년 때의 친구들이 나를 멀리하기 시작했다. 새 친구가 늘어난 만큼 예전 친구들이 사라져 갔다. 3학년이 되고, 선생님들이 우리를 터치하는 일이 줄어들고 아버지가 나의 공부습관에 대해 이야기하는 일은 많아져 갔다. 선생님들의 터치가 줄어드는 만큼 나는 친구들과 수업 때 떠들거나 수업시간에 잠을 자주 청했다. 선생님들이 나를 보는 시선은 달라져 갔다. 그만큼 선생님들에게나 어른들에게 가식적이던 나에게도 나의 변화는 숨길 수 없었다.

학교를 끝나면 친구들과 아파트 단지 으슥한 곳에 들어가 담배를 피는 일이 잦았으며 아버지가 냄새가 난다고 하면 pc방에 다녀왔다고 했다. 친구들과 이야기할 때에는 비속어가 대다수였고 그런 모습을 숨기기 위해 집에서는 비속어를 일체 쓰지 않았다.

가끔씩 거울을 보면 나의 모습과 다른 나의 모습을 볼 수 있었다. 거울속의 나는 머리를 기른 채 눈이 보이지 않았지만, 거울 밖의 나는 단정한 머리에, 웃고 있었다. 그만큼 나는 겉과 속 이 다른 사람이 되어가고 있었다.

'나의 영웅도 이럴까?'

나의 영웅, 아버지도 나 같은 이런 모습이란 걸 알고 있었다. 아무리 힘들어도 내 앞에서는 영웅적인 모습을 보이기 위해 나처럼 가식적인 모습을 보였던 것이다. 어쩌면 내가 이런 건 내 탓이 아닌 아버지 탓이라며 합리화를 했다.

그러다 겨울방학 때 일이 터졌다. 나와 친구들은 언제나 그랬듯이 점심시간에 밖에 나가 짜장면을 먹고 담배를 피우다가 선생님께 걸린 것이다. 우리는 벌점을 받고 교내봉사 처벌을 받았다. 우리는 부모님께 혼나는 것이 두려워 그날 밤에 단체로 집을 나갔다. 우리는 어느 건물 옥상 실외기 옆에서 있었다. 그곳은 밤에도 따뜻했다.

우리는 부모님의 따뜻한 보살핌이 그립지 않았다. 우리는 sns를 통해서 선생님들이 우리를 찾고 있다는 것을 알았다. 학교에서 친한 친구가 선생님들이 주변 친구들에게 물어서 우리가 있는 곳을 대충 알고 있다고 말해줬다. 친구들은 두려워했고 다시 돌아가기를 원했다. 나는 그렇지 않았다. 나는 돌아갈 생각이 하나도 없었다. 이 상태로 며칠이 지나자 우리는 거의 계속 굶어야 했다. 따뜻한 보살핌 속에서 자란 우리는, 배고픔을 견딜 수가 없었다.

곧이어 친구 한 명이 새벽에 집에 다시 들어갔다. 친구는 학교에서 징계를 받기 위해 계속 학생부실로 돌아다녔다. 그렇지만 그는 별 징계를 받지 않았다. 아마 선생님들이 우리를 회유하기 위해 그랬겠지. 하지만, 이렇게 되자 남은 친구들도 모두 돌아가려 했다. 남은 친구들이라 해봤자 한 명뿐 이었다.

나는 그날 밤 이름 모를 별을 보며 나의 영웅이었던 사람이었으면 지금 어떻게 할지 생각해 보았다. 아무리 생각해도 집으로 돌아가는 것, 아니 아예 집을 나오지 않았을 것 같았다. 할머니께서 언제나 아버지는 착하고 말을 잘 들었다고 하셨기 때문이다. 나는 고심을 한 끝에 집으로 돌아가기로 결심했다.

집에 돌아갔지만 나는 크게 혼나지 않았다. 아마도 어릴 때 순종적이었던 내가 조금 심하게 일탈을 한 탓인지 조금 충격을 받은 모양이신 듯했다. 아니 심하게 충격받으신 듯했다. 그 일이 있은 후로는 나에게 더 관심을 보이셨다. 나는 전보다 더 많은 관심에 부담스러웠지만 그래도 내가 잘못한 게 있으니 참기로 했다.

우리 가족은 조금 어색해진 가족 관계를 회복하기 위하여 베트남으로 단체여행을 다녀오기로 했다. 베트남에서 날씨가 안 좋아 별로 즐거운 추억이 되지는 않았지만 그래도 우리 가족은 다시 화목해지기 시작했다. 나는 다시는 그런 일탈을 하지 않기로 다짐하고 평범한 학생으로 돌아갔다. 학교에서는 공부를 착실히 하고 놀 때는 노는 친구로 이미지가 바뀌었고, 다시는 학교 마치고 뒷골목에 들어가는 일 없었다. 그렇게 모범적인 이미지로 바뀌고 있어도 여전히 나에게 뭐라 하시는 아버지가 그저 미웠다. 나는 아버지가 과거에 나의 영웅이었다는 것을 지금 생각하면 할수록 이해할 수가 없었다. 고등학교 올라와서는 부모님과 싸울 일이 거의 없었다. 부모님이 공부하는데 힘들다고 나를 터치하시지 않으셨고 때마침 기숙사에 들어가게 되어 1주일 동안 하루 정도 보는 게 다였기 때문이다. 그렇게 매일같이 기숙사에서 열심히 공부하다 보니 어느새 나의 대학은 이름을 들으면 대다수가 아는 그런 대학교에 합격하게 되었다. 대학에 합격하고 나니 내 고등학교 생활이 아쉬웠다. 사람들은 흔히 고등학교 친구와의 추억이 평생 간다던데 나는 친구는 많았지만, 친구들과 주말에 논 기억이 없었다. 이대로라면 나중에 동창회에서 나를 아무도 기억하지 못할 것 같았다. 혼자로 남기에는 무서웠다.

나의 아버지는 그렇지 않아 보였다. 공부도 열심히 했고, 동창회를 가면 여기저기서 아버지를 불렀다. 나는 대학에 합격한 후 이유 모를 스트레스를 받기 시작했다. 그러다 내 20번째 생일 때 자취방에서 마치 전력 질주가 끝난 육상선수처럼 누웠을 때 입금문자가 왔다. 아버지가 보내신 10만원이 들어왔고

'생일인데 힘들지? 친구들과 술이라도 마셔라.'

라고 적힌 문자도 함께 왔다. 나는 그때 펑펑 울었다. 엄청 울었다. 이때까지 받아온 공부에 관한 스트레스와 왜인지 모를 아버지에게서의 서운함이 알 수 없는 감정으로 뒤바뀌어 한 번에 복받쳐 올라 나를 무너뜨렸다. 아버지의 담담하면서도 뜨거운 마음을 단 두 문장으로 받아들이기에는 불가능했던 것이다. 어느새 아버지는 또다시 나의 영웅으로 내 마음속 깊은 곳, 방 한 칸에서 떠오르고 있었다. 단순히 내 생일이라 돈을 챙겨주신 것이 아닌 아버지가 거의 처음으로 나를 다독여주었던 것에 대해 나의 감정이 벅차오른 것이다.

나는 아버지께 숨겨왔던 나의 진짜 꿈, 작가 생활, 그중에서도 문학의 고장인 독일에서 일을 하고 싶다고 말씀드렸다. 아버지는 이제 성인이 된 나를 믿는다며 잘 다녀오라 했다. 나는 다니던 대학을 2학년까지 다닌 뒤, 독일로 갔다. 독일로 가서 대학에 입학하게 되었다. 얼마 다니다 보니, 주변 말대로 독일대학은 입학은 쉬운데 졸업이 어렵

다는 것을 알게 되었다. 무엇보다 나랑 말을 나눌 친구가 없었다. 나는 너무나 힘들었지만 내 꿈을 향해 열심히 달려갔다. 나는 독일에서 언제나 우울하고 어두웠다. 축구를 보면서 가끔 기분 전환하기도 했지만 나는 거의 모든 날들이 우울했다.

그러다가 내 인생의 전환점이 찾아왔다. 뜻밖에도 내가 그토록 우울하게 지내던 학교에서 찾아왔다. 교수님이 나에게 물었다.

“자네 아버지는 어떤 분이신가? 한국의 아버지는 어떤가?”

나는 잠깐 생각을 정리한 뒤에 내가 살아온 이야기와 그중에서 아버지의 이야기를 해드리고 나의 아버지는 나밖에 모르는 그런 사람이 아닌 ‘나’란 사람이 존재하게 하는 사람이라고 조금 미숙한 독일어로 말했다. 교실에 잠깐 정적이 흐르더니 누군가가 흐느끼는 사람이 있었다. 그런데, 그런 사람이 한둘이 아니었다. 우리 교실의 다른 학생들이 훌쩍거리고 있었다. 여기서나 한국에서나 아버지들의 사랑은 똑같은 것 같다고 거기서 느꼈다. 이 수업이 끝나고 난 뒤, 나는 아버지가 보고 싶어졌다. 아버지와 화상통화로 자주 만나기는 했지만, 아버지의 따뜻한 마음을 오랜만에 포옹으로써 느껴보고 싶었다.

나는 방학을 맞아 한국으로 건너왔다. 한국에 오니 모든 것이 좋았다. 집이 가까워지면 질수록 후덥지근한 공기와 함께 반가움과 여러 감정들이 몸속에 쌓여갔다. 나는 집 근처에서 택시에 내려서 걸어갔다. 그런 감정을 더더욱 느끼고 싶었기 때문에. 그런데 이상하게 집이 가까워지는데 더 이상 감정들이 차오르지 않고 들끓고 있었다.

내가 독일에서 아르바이트를 통해 생활비를 벌고 있지만, 그것만으로도 부족하기 때문에 집에서 돈을 매달 보태준다. 이렇게 생활비에 대한 생각이 계속되자 나는 우리 가족이 나의 생활비를 다 대주다가는 동생을 대학에 못 보내고 부모님 노후가 편안해지지 않을 것이라고 생각했다. 불안한 생각이 계속 쌓여가 한국에 내려 처음 느꼈던 감정들을 지워나갔다. 우리 집, 아니 예전의 우리 집은 다른 가족이 들어와 있었다. 나는 부모님이 가족 몰래 들어온 나를 보고 놀라는 모습을 보고 싶었던 것이기 때문에, 가족에게 집이 어디로 이사했는지 물어볼 수가 없었다. 나는 또다시 무너질 위기에 있었다. 어렸을 적에는 영웅이 나를 구해주었지만, 지금은 그럴 수 없었다.

하는 수 없이 근처를 이리저리 떠돌고 있을 때, 어디선가 그리움과 반가움, 불안함이 섞인 냄새가 났다. 나는 이 근처에 아버지가 있다는 그런 느낌이 들었다. 나는 여기저기 둘러 봤지만, 냄새만 맡을 뿐, 아버지의 흔적은 찾을 수 없었다.

"이봐! 뭐 하는 짓이야!"

그때 내 뒤편에서 누군가에게 소리치는 소리가 들렸다. 나는 그쪽으로 달려갔다. 그곳에는 내 아버지가 있었고 사장으로 보이는 사람에게 혼나고 있었다. 주변에 모여 있는 사람들에게 물어보니 고기를 손님 옷에 흘렸다고 한다. 나는 믿을 수 없었다. 아버지가 고깃집 사장이면 몰라도 고깃집에서 일을 할 사람은 아니었기 때문이다.

"아유, 저 집 아들은 유학 가서 부모 등골 휘는 줄도 모르나 봐."

어떤 아주머니의 말 한마디에 나는 갑자기 눈물이 나왔다. 아버지 앞에서 울지 않으려, 어른이 된 나의 모습을 보여주기 위해 눈물을 참으려 했지만 나는 붕괴되었다. 아버지에게서 멀리 도망가 벤치에 앉아 눈물을 흘렸다. 눈물을 쏟았다.

나는 과연 내 꿈을 위해서 부모님을 힘들게 하는 것이 옳은가 생각했다. 아무리 생각해도 나는 유학을 포기해야 옳을 것 같았다. 얼마나 더 가족이 나를 기다려야 내가 그 기대에 부응할 수 있는지, 가족에게 너무나 미안했다. 나는 공원 벤치에 앉아 학교에 자퇴 소식을 알리려 서류를 작성하고 있었다. 그때 누군가가 내 노트북을 가져가더니 서류를 지워버렸다. 화들짝 놀라 누군지 올려다보니 나의 영웅이 거기에 있었다. 휴대폰 안에서만 있었던 나의 영웅이 내 눈앞에 있었다. 나의 감정은 무너지다 못해 붕괴되려 했다. 더이상 나는 어른인 척할 수 없었다. 나는 아버지에게 달려들어 안겼고 아버지는 내 등을 두드리며 괜찮다고, 유학 포기하지 말라고 하셨다. 나는 참으려 했지만 내 눈에서는 눈물이 계속해서 쏟아지고 있었다.

다시 독일로 건너갔다. 건너간 이후로는 하루빨리 졸업해서 나의 영웅에게 진 은혜를 갚으려 했다. 대학에 다시 들어가 공부를 했다. 다시 초등학교 때처럼의 열정을 가지고, 그 목적은 다르지만. 순수한 사랑의 마음으로 채워졌다. 그때부터 아버지에 대한 사랑과 존경이 다시 피어나기 시작했다. 나는 개인 블로그에 내가 살아온 이야기, 그중에서도 아버지의 이야기를 포스트하기 시작했고 이 이야기들은 대 히트를 쳤다. 수많은 사람들이 내 이야기를 보고 즐거워하고, 슬퍼했다. 많은 사람들이 내 이야기에 공감도 해주었고 나는 그런 사람들을 보며 다시 나의 영웅을 생각했다. 그중 어떤 사람은 책으로, 어떤 사람은 티브이 프로그램으로 만들어도 되냐는 질문이 오기도 했다. 나의 영웅은, 돈 한 푼 받지 않고 허락해주었다. 내가 돈은 받았어야 했다고 투덜대면 같은 아버지로서 그러는 것은 아니라고 그랬다.

나는 얼마 전부터 하루 30분씩 햇볕을 맞으며 지난날들을 생각해보고 있다. 내가 생각해도 나의 학창시절은 참 스펙터클 했다. 그리고 조금 있으면 나도 나의 아버지처럼 영웅의 길을 걸을 예정이다. 예쁜 부인을 맞아 결혼도 했고, 곧 있으면 아기도 낳는다. 나도 나의 영웅처럼 나의 아이에게 잘 할 수 있을까? 아님 내 영웅이 실수했던 것처럼 아이에게 실수를 저지르기도 할까? 나는 과연 어떤 인생을 더 살게 될까? 나는 나의 영웅의 절반만큼도 못 해낼 것 같았다. 그런 우울한 생각을 하고 있으면 어느새 그 영웅은 내 옆에 누워 다독이는 목소리로 너는 할 수 있다고, 나보다 더 잘할 거라고 말했다. 나는 그럴 때면 자꾸 눈물이 나오려 했다. 아버지가 왜 우냐고 물으면

"그냥, 햇빛이 눈부시네."

하고 넘겼다. 다들 그러듯이 아들들은 아버지 앞에서 다들 아이가 되나 보다.

설날에는 산소에 절을 올리러 갔다. 나는 거기서 아버지의 눈물을 처음 보았다. 아버지도 아버지의 영웅 앞에서는 아이가 되나 보다. 과연 아버지의 영웅은 얼마나 대단한 사람이었기에 이런 영웅을 나에게 보내주었을까? 하고 생각해 본다. 그런 나의 생각을 읽으셨는지 아버지는 아버지의 영웅에 대한 말을 하셨다. 아버지의 영웅에 대한 내용은 허무했다고 해야 하나? 그냥 평범한 농부였고 가장이었다.

'첫, 영웅은 아무나 하나.'

아버지는 이번에도 내가 뭘 생각하는지 알았는지

"그래, 영웅은 아무나 한다. 나도 영웅이잖니."

자꾸 아버지는 나를 왜 울리는 것일까? 나는 또 아버지 앞에서 눈물을 보이고 말았다. 그런데 눈물을 보인 것은 나뿐이 아니었다. 아버지 또한 아버지의 영웅 앞에서 눈물을 흘리고 있었다. 아까 흘리신 것보다 더 많이 흘리고 계셨다. 우리는 그 자리에서 주저앉아 서로 껴안고 몇 분 동안 펑펑 울었다. 나는 왜 눈물이 나는지 몰랐지만 계속 눈물이 났다. 우리의 눈물은 할아버지의 산소를 적시고 있었다.

오늘밤이 만약 나의 인생에서의 돛과 같다면, 나는 무엇을 할까? 아마 대부분의 사람들은 가족, 그중에서도 부모님을 떠올릴 것이다. 가장 중요하고 위험하고 기쁜 순간에는 부모님이 떠오를 것이다. 그 뜻은 그들이 우리의 영웅이고, 항상 마음 한편에 들어와 있기 때문이다.

영웅, 현재에는 많은 영웅이 존재한다. 유명 영화에 나오는 영웅, 소방관, 순국자, 만화 속의 주인공 등 많은 영웅이 존재한다. 지구를 구하거나 못된 악당으로부터 지켜주지는 않았지만, 우리 모두에게는 유명 슈퍼히어로 보다는 더 멋진 그런 존재인 아버지를 이 글을 통해서 한 번 더 생각해 보면 좋겠다.

그대를 닮은 나, 나를 닮은 그대

그대를 닮은 나, 나를 닮은 그대

이 재 열

"동형아 밥 무라!"
엄마가 저녁 시간임을 알린다.

"좀만 이따!"

곧 있으면 고등학교 3학년이 시작된다. 나는 공부를 꽤나 잘하는 편이다. 그러나 대학교 진학에 대해서 생각을 해본 적은 딱히 없다. 나랑 친한 학교 친구들은 서울대학교에 진학을 한다고 얘기하고 있다. 나는 어떡하지……? 나는 살면서 대학에 대해서 깊게 생각해 본 적이 없는 것 같다.

대학도 그렇고 문과 이과 선택할 때도 적성을 잘 알지 못한 채 이과를 택했다. 그래도 수학 공부를 재미있게 해서 지금 생각해 보면 이

과로 진학하길 잘한 것 같다. 지금도 수학 공부를 하고 있다. 수학을 처음에는 못했지만, 자꾸 하니 늘게 되고 문제를 푸는 재미를 느끼게 되었다.

"밥 안 묵나! 빨리 온나!!"

만약 서울대학교에 진학하게 된다면 어떨까? 서울에서 생활하는 건 어떨까? 한 번씩 이런 생각을 하면 설레고 기대될 때가 있다. 형이 공부를 좀 했으면 물어보면 될 텐데. 형은 미술을 해서 나랑 조금 다르게 진학했다. 그래서 내가 보는 수학의 정석이나 다른 책들은 형이 고등학생 때 쓰던 것이다. 공부를 얼마나 안 했으면 이렇게 깨끗할까? 뭐 나야 책 사달라고 해서 엄마한테 혼나지 않아서 좋지만…….

"밥 무라. 밥!!!"

벌컥 방문이 열렸다. 나는 가끔씩 생각을 하거나 문제를 풀 때 소리를 잘 듣지 못하는 것 같다. 엄마가 한 번씩 방에 들어와서 빨리 밥 먹으러 오라고 혼내시지만 나는 그게 잘 안 고쳐진다.

나는 집에서 막내이다. 그래서 방학이 되면 낮에는 집에 나 혼자 있다. 아버지는 일하러 가셔서 늦게 들어오시고 엄마도 일하러 가신다. 형, 누나들도 일하러 가면 때론 집이 허전하다. 방학 때는 혼자서 공부를 한다. 원래 2학년 때까지만 해도 동네 친구들이랑 농구를 하러 다녔다. 이제 고3이 되고 학력고사를 치니까 공부를 해야 돼서 이번 방학에는 한 번도 농구를 하러 간 적이 없다.

"밥 묵고 양말 좀 치아라. 양말 저렇게 벗어놓지 말라고 그 마이 말했는데 말 좀 들어라!!"

밥 먹다가 체할 것 같다. 엄마는 잔소리가 많으신 편이다. 아니, 잔소리기계이다. 어릴 때부터 느낀 것인데 엄마가 날 싫어하나 싶을 정도로 잔소리를 많이 하신다. 과자를 먹다가 흘렸다고 어린 애한테 뭐라 했고 양말도 벗어놓고 구석에 잠깐 놔뒀는데 그렇게나 뭐라고 하신다.

"엄마, 나 문제집 좀 사면 안 될까? 이제 영어공부도 해야 할 것 같은데"
"문제집? 무슨 문제집을 또 사노. 지금 있는 것 갖고 해라"
"내 이제 고3이다. 엄마."
"니 방에 문제집 없나? 널린 게 문제집 아이가?"
"저것들 거의 다 형아 쓰던 거다. 한 번만 살래"
"……, 알겠다. 돈 줄게"

엄마는 내가 공부하길 싫어하시나 보다. 문제집을 사달라고 할 때마다 불같이 화를 내신다. 고등학생이 되고 책 살 일이 잦아지고 엄마의 목소리는 조금 더 커진 것 같다. 그래도 이제 고3인데 문제집도 사주기 아까워하시는 것을 보면 마음이 좀 아프다. 내가 공부하는 것을 별로 안 좋아하시나 싶기도 하고, 내가 공부를 좀 해보려고 하는데 못 할 거라고 하거나 눈치를 주면 슬픈 감정이 든다. 내가 나중에 어른이 되고 결혼을 해서 애가 생기면 하고 싶은 것을 하는 것에 투자해 줄 것이다.

3학년이 되고 나서 학교생활을 하고 있다. 3학년이 되고 아무래도 해야 할 공부의 양이 늘어나다 보니 피곤함을 느꼈다. 게다가 올해 교감 선생님이 바뀌었는데 우리 학교 지하실에 독서실을 만들어서 반에서 한두 명씩 불러서 10시까지 하는 야자를 마치고 12시나 1시까지 심야자율학습을 시켰다. 나와 친구들은 밤늦게까지 학교에서 시간을 보냈다. 나는 어릴 때부터 몸이 약해서 야자를 하거나 너무 오래 앉아 있으면 매우 힘들다. 체력도 약하고 오래 앉으면 허리가 아프다. 의자가 불편해서 그런지 모르겠다.

그래서 1, 2학년 때는 10시까지 참고 최대한 열심히 했다. 그리고 집에 가서 씻고 좀 쉬다가 잤다. 그런 나에게 12시까지 학교에 남아서 자습을 하라는 소식은 청천벽력이었다. 학교수업, 오후자습, 야간자습까지 하고 난 나는 지하실에 가면 거의 비몽사몽한 상태가 된다. 내 친구들 중에도 그런 애들이 있었다. 우리가 힘들어 하는 것을 보고 교감선생님은

"고3 되면 원래 다 이런 거다."

라고 말하고 갔다. 힘이 되기는커녕 강제로 시킨 것 같아서 속으로는 불평을 하기도 했다.

어느덧 3학년이 된 지 한 달이 훌쩍 지나고, 오늘은 학교에서 부모님이 무슨 일을 하시는지 적으라는 설문지를 작성했다. 부모님의 직업과 소유하고 있는 집안의 살림살이들을 물어 보았다. 엄마는 공장에서 일하신다고 적었고 아버지가 하시는 일이 노동을 많이 하시지만, 공무원의 일종이라고 들은 적이 있어서 공무원이라고 적었다. 집에 있는 물건들은 적을 게 별로 없었다.

일주일 정도가 지나고 담임선생님께서 나를 부르셨다. 고3이라서 당연히 성적에 관한 상담일 줄 알았다. 그러나 조금 다른 내용이었다.

우리 아버지의 직업이 종이에 적어놓은 것과 같은지 물어봤다. 공무원이라고 하니까 우리 엄마한테 학부모회장을 맡아 달라고 전하라고 했다. 학부모회장이면 학교에 자주 나와 도움도 주고 경제적인 지원해 줘야 할 것 같은데 그럴만한 형편이 되지 않아서 선생님께 안 될 것 같다고 말씀드렸다. 선생님은 잔말 말고 오늘 집에 가서 여쭤

보라고 했다.

부모님께 어떻게 말씀드려야 할지 고민하면서 야자를 마치고 12시에 집에 들어갔다. 아버지께서는 여느 때와 다름없이 잠들 준비를 마치고 십자가와 성모상 앞에서 기도를 하고 계셨다. 힘든 일을 끝내고 온 아버지가 좁고 어두운 방에서 기도하는 모습을 볼 때마다 힘들게 일하고 와서 일찍 쉬시지 왜 늦게까지 기도하고 있는지 하는 생각이 들었다. 그러나 하느님께 의지하고 가족들을 위해 늘 기도하는 아버지의 모습이 감사했다. 그리고 무거워 보이는 아버지의 어깨를 보면 가슴이 먹먹하기도 했다.

"아버지, 저 갔다 왔어요."

기도를 하실 때는 잘 안 들으시고 대답도 잘 안 해주시는 걸 안다. 그러나 오늘만큼은 왠지 아버지를 바라보는 게 먹먹했다. 고맙다는 말은 하기 어려워서 그냥 인사로 대신했다. 씻고 옷을 갈아입고 나왔다. 아버지는 그 사이에 기도를 마치고 주무시는 것 같았다. 아버지께 담임선생님이 전하라는 말을 못 해서 어떻게 할까 싶었다.

"아버지 주무셔요?"

"자려는데, 와? 니도 빨리 자라."

"네. 안녕히 주무세요."

아버지가 힘들게 일하고 오셨는데 부담스러운 말을 꺼내기가 어려워 그냥 잠자리에 누웠다.

아침이 되고 오랜만에 가족들과 다 같이 밥을 먹었다. 엄마와 아버지는 밥을 빨리 드시고 출근 준비를 하시느라 바쁘셨다. 결국 나는 물어보지 못하고 등교를 했다. 아침 조회를 마치고 담임선생님이 교무실로 오라고 하셨다.

"동형아 여쭤봤냐?"

담임선생님이 기대한 얼굴로 물어봤다.

"예, 안 된다고 하시던데요."

나는 순간적으로 어제 어둠 속에서 기도하시던 아버지의 모습이 생각났다.

"아 그래? 부모님께 여쭤본 거 맞제?"

의심하는 것 같았다.

"예. 맞습니다."

담임선생님이 실망한 표정을 지으며 나를 돌려보냈다. 분명한 것은 부모님께 말씀드렸어도 거절하셨을 테다.

그 후로 3주 정도의 시간이 흐르고 어느 날, 교실이 시끌벅적했다. 무슨 일인가 싶을 정도로 시끄럽고 이런저런 말이 많았다. 가정방문이 있었고 그 후로 학생들을 대하는 선생님의 태도가 달라졌다는 등의 이야기들이다.

시간이 지날수록 남자애들끼리 한 반에 60명씩 있는 것은 힘든 일인 것을 다시 한번 느꼈다. 반 애들이 축구를 하거나 농구를 하고 들어오면 땀 냄새에 교실이 찌든 느낌이었다. 게다가 교실 바닥의 틈으로 흙과 먼지가 쌓여 공기가 탁했다.

어느 날인가, 어릴 때부터 기관지가 좋지 않은 나는 갑갑한 교실 안의 먼지가 목에 걸려서 친구들이 없는 교실 바닥 구석에 침을 뱉은 적이 한 번 있었다. 날이 더워지고 공부하기 싫어지고 힘들어질 때도 많았다. 수업시간이나 자습시간에 한 번씩 나도 모르게 졸 때가 있었다. 그래서 담당 선생님들께 맞기도 했다. 쉬는 시간마다 자고 아침 시간에도 자는 날이 많아지고 예민해지는 것 같았다. 그러던 어느 날부터 종례시간에

"최근에 교실 안에서 침을 뱉는 학생들이 많다. 누구라고 말은 안 하겠는데 얼마나 더럽냐? 다른 친구들은 생각 안 하는 학생들이 왜 이렇게 많아? 응? 자기 혼자만 생각하지 맙시다. 단체생활 못 배운 것도 아니고 하여튼 신경써 주십시오."

담임선생님이 나를 보면서 하는 말인가 싶었다. 내가 침을 바닥에 뱉은 것은 잘못한 일이었지만 반 전체 앞에서 나를 나무라는 듯해서 부끄럽고 속상해서 모르는 일인 척 공부만 했다. 그 다음날에는

"너희들이 고3이고 공부에 집중하는 건 좋은데 선생님이 조회, 종례할 때 들어와서 앞에 이렇게 서 있는데 무시하고 공부하는 새끼들이 왜 이렇게 많아? 뭐냐? 학기 초부터 눈에 거슬렸는데 말이야."

뜨끔했다. 나 말고 다른 애들이 있을 수도 있는데 이번에도 나를 향한 말 같았다. 그리고 담임의 눈은 날 응시하는 것 같았다.

"아무 말 안 하니까 그러는 것 같은데 기본적인 예의는 지키자. 선생님이 앞에 계신데 머리 박고 공부만 한다고 공부가 늘겠냐? 늘어? 잘 생각하고 행동하길 바랍니다. 수업시간이나 혼자 공부할 시간에 자지 말고, 벌써 지치면 시험은 어떻게 치려는 거냐? 공부는 할 때 열심히 하고 알겠냐."

내 얘기인 것을 확신하고 나서, 나는 속상했다. 친구들 앞에서 나보고 들으라는 듯이 얘기하는 것이 싫었다. 시선은 늘 내 주변을 응시했다.

그냥 개인적으로 말하지, 그런 애들이 많다는 듯이 얘기하면서 우회적으로 나에게 말하는 것 같았다. 뭐 때문에 그러는지는 정확하게 모르지만 내게 불만이 있는 것은 분명했다. 담임은 매일 종례시간이 되면 나의 행동에 꼬투리를 잡았다.

담임의 말들이 하루하루 쌓이고 나는 계속 곱씹게 되고 공부에 집중을 잘 할 수 없었다. 쌓인 말들 때문에 때론 슬픔과 억울함의 감정이 치솟았다. 도저히 참지 못할 것 같아서 담임을 찾아가 내 마음을 털어 놓았다.

"선생님, 제가 잘못한 부분은 개인적으로 직접 야단해 주시면 좋겠어요. 친구들 앞에서 공개적으로 망신당한다는 생각이 들어 힘들어요."

"그 참, 너한테만 해당하는 말이 아니다. 어쨌건 주의를 주었으니 행동을 조심토록 하고……."

그 후로 나와 담임선생님 사이에는 별다른 감정 소모를 할 일은 없었다.

그러나 이후의 나의 학교생활은 좀 달라졌다. 교실 끝에 앉았고 조용히 앉아서 별생각 없이 흔들림 없이 공부했고 다른 신경은 쓰지 않으려고 애썼다.

집안 형편이 부유하지 못해서 담임선생님께 부당한 대우를 받고 있다는 피해의식으로 우울한 고3 시간을 보내고 집안 형편으로 꿈과 현실에는 거리가 있는 것을 느끼고 힘들었지만, 끝까지 열심히 공부하며 학력고사를 치렀다.

심적으로 힘들기는 했지만, 평소와 다르지 않게 나쁘지 않은 성적을 받았다. 그 이후로, 대학교 진학에 대해서 상담하기 위해서 교감선생님께서 나를 부르셨다.

"그래 동형아, 어서 와."

나는 쭈뼛쭈뼛 서 있었다.

"동형이는 성적이 꽤 괜찮네. 니는 서울대학교 원예학과 안 내볼래? 될 것 같은데."
"예. 생각해 볼게요."

라고 하고 나왔다. 적성과 관심 분야에 대한 상담보다는 성적에 따른 대학교 고르기가 먼저였다. 내가 서울에 가서 산다면 우리 집 형편에 부모님이 못 버틸 것을 일찍 알았다.
솔직히 말하면 나는 대학교에 대해서 아직도 실감이 나지 않고 고민도 딱히 하지 않았다. 나는 그저 집안 형편과 입시성적에 맞는 학교와 학과를 선택하게 되었다.

30년의 시간이 훌쩍 지나갔다. 컴퓨터공학을 전공한 나는 수많은 프로젝트를 해온 프로그래머로 지금은 IT회사를 운영하고 있다. 대학생 딸과 고등학생 아들의 모습을 보며 나의 학창시절을 웃음 지으며 떠올리는 나이가 되었다. 내가 살아온 환경과 나의 두 자녀들의 환경이 다르긴 하지만 내가 겪은 경험들을 얘기해주고 바른 가치관을 가지고 밝은 오늘과 내일을 건강하게 살아갈 수 있도록 도와주고 싶다.

아버지가 되고 나서, 옛날에 성모상 앞에서 기도하시던 아버지의 뒷모습이 늘 가슴에 새겨진다.

에필로그

우리 아버지는 평소에 과묵하신 편이다. 나는 드라마 '응답하라' 시리즈를 보거나 아버지 세대를 바탕으로 한 영화를 볼 때마다 아버지가 살았던 시대가 궁금하곤 했다. 아버지께 '진짜 저랬어요?'라고 여쭈어볼 때마다 아버지는 그저 웃곤 하셨다. 그 시대에 대해서 말씀하셔도 짧게 묻는 것만 대답해 주시고 아버지의 생활을 얘기해주신 기억은 없는 것 같았다.

내가 중학생 때까지는 그랬지만 2019년이 되고, 고등학교 입학을 앞두고 새로운 환경에 적응하고 고등학교 생활을 해야 하는 나에게 아버지는 조금 달라지셨다. 아버지께서는 아버지가 고등학교 생활을 할 때 겪은 어려움들이나 공부했던 기억들을 말씀해주셨다. 아버지의 조언은 혼자서 새로운 세상에, 환경에 적응하는데 많은 도움이 된 것 같다.

내가 고등학생이 되고 나서, 아버지께서 나무의 성장에는 양분이 꼭 필요하듯이 내가 성장하는데 꼭 필요한 경험과 조언을 해주셨다. 많은 아버지들이 그렇겠지만 아버지는 날 따뜻하게 보살펴 주신다. 우리 아버지께서는 말로 표현은 잘 안 하시는 경상도 남자이시지만 늘 뒤에서 묵묵히 나를 지지해주고 걱정해주신 분이다.

아버지의 고등학교 시절 이야기를 들으면서 나와 같이 교실에서 공부하고 있는 친구처럼 느껴지기도 했다. 어려운 가정형편과 낙후된

교육환경에서 겪었던 사춘기 시절의 좌절감이 안쓰럽기도 했다. 그러나 아버지께서는 꿋꿋이 잘 버티고 학업에 열중하셨다. 아버지가 내 나이었을 때는 어려운 환경에서 힘들게 공부를 했던 것을 듣고 나서 나는 정말 지원도 많이 받고 좋은 환경에서 공부할 수 있는 것에 감사함을 느끼게 되었다.

아버지는 어려운 환경에도 불구하고 자신의 길을 묵묵히 걸어가셨다. 아버지의 모습을 본받고 싶은 생각이 들었고 늘 나에게 주어진 모든 일에 열심히 임하고 감사하며 살아야겠다는 생각이 들었다.

이야기 속 내용 외에도 아버지의 이야기를 들으니 나와 내 친구들처럼 사춘기도 겪었고, 축구도 하고, 농구도 하고, 야간자습도, 대학입시 준비도 똑같이 했다. 퀸과 비틀즈의 노래를 즐겨 불렀고, 친구들과의 자전거 하이킹과 캠핑 등 수많은 추억들도 공감이 되었다. 수학 공부를 잘했던, 농구와 팝송을 좋아했던 17살 소년은 성실하고 정직한 삶으로 멋진 인생을 만들어 왔다.

위의 이야기 속에는 없는 돌아가신 할아버지에 대한 이야기는 다음에 기회가 된다면 한번 써보고 싶다. 할아버지의 열일곱 살은 6.25 전쟁에 참전 중인 학도병이었다. 내 또래의 나이인데 전쟁터에서 지냈다니 정말 믿겨지지 않는다. 매년 6월 6일 현충일이면 국립호국원에 있는 할아버지 묘소에 간다. 묘비에 적힌 연혁을 보면 믿기지 않는 그 나이가 사실임을 알 수 있다.

아버지께서 말씀하시길 할아버지께서는 비록 고단한 삶을 사셨지만 늘 겸손하고 충직한 신앙인으로 살다가 돌아가셨다고 하셨다. 할아버지를 그리워하는 아버지의 마음이 직접 들어나지는 않았지만 나는 느낄 수 있었다.

지금 열일곱 살의 나처럼, 34년 전은 열일곱 살의 아버지, 68년 전에는 할아버지의 열일곱 살 삶이 있었다. 비록 내가 할아버지를 사진으로만 뵈었지만, 기회가 된다면 할아버지의 17살의 모습을 상상하며 소설을 써보고 싶다는 생각이 들었다.

나우누리 활동을 통해서 아버지에 대해서 더 많이 알게 되고 더 친근하게 느낄 수 있었고 또한 아버지가 나의 멘토로서 곁에 있음에 감사함을 느끼게 되었다.

또, 내가 익숙함 속에서 아버지의 사랑을 잊고 살고 있었던 것은 아닌가 하는 반성의 시간을 가지기도 했다. 아버지와 다양한 이야기를 할 수 있게 기회를 준 나우누리 활동에도 매우 감사하다.

사랑하는 나의 아버지의 건강과 행복을 기도하며 이 글을 아버지께 바친다.

아버지 감사합니다. 사랑합니다.

그리운 나의 할아버지

그리운 나의 할아버지

김 원 일

2016년 12월 30일 중학교 2학년 2학기 기말고사 마지막 날, 시험이 끝나고 친구랑 같이 집으로 돌아가던 중 어머니께 전화가 왔다. 그 전화는 할아버지가 돌아가셨다는 슬픈 소식이었다. 그날 나의 할아버지는 향년 84세에 세상을 떠나셨다.

먼저, 할아버지에 대해서 간략히 설명을 하자면 할아버지는 1933년 안동에서 셋째로 태어나셨다. 9살 때 어머니가 폐병을 몇 년 동안 앓으시다 돌아가셨는데 위에 형, 누나, 밑에는 여동생이 하나 있었다. 할아버지의 아버지는 자식들을 위한다는 이유로 1년도 되지 않아, 재혼을 하시고 4명의 동생을 낳았다.

할아버지가 9살이라는 어린 나이에 어머니가 돌아가시고 1년도 되지 않아 새어머니와 배다른 동생들을 맞이하는 일이 쉽지 않았을 것이다. 그 시대에는 홀아비가 재혼을 하는 것을 당연한 일이라 여겨졌겠지만, 할아버지의 나이는 9살이었고 아직 어머니께 어리광을 더 부리고 싶고 따뜻한 어머니의 품이 많이 그리웠을 것이다. 또한 원래의 4형제와의 가정에서 새로운 4명의 동생들이 생겨나 아버지의 사랑을 더 충분히 받지 못했을 것이다.

지금의 17살의 나라도 그런 일이 생긴다면 제대로 받아들이고 평범한 일상을 사는 데까지 오랜 시간이 걸렸을 텐데 그 당시 할아버지가 참 대단하다는 생각이 든다. 거기에다 설상가상으로 할아버지의 고등학교 시절 때 6.25전쟁이 발발하여 안동에서 대구로 가족들이 함께 피난을 오셨다. 할아버지 친구분들 중 몇 분은 학도병으로 참전하셨는데 두 분은 다시 돌아오지 못하셨다고 한다. 이 일을 회상하실 때면 할아버지께서는 전쟁에 함께 참전하지 못한 것에 미안함과 죄책감을 느끼신다고 말씀하셨다.

증조할아버지께서는 어떤 상황이라도 자식들 교육은 꼭 시켜야 한다고 생각하셨고 어려운 가정형편에도 불구하고 8남매 모두 고등교육 이상을 받게 하셨다. 그중 할아버지께서는 학창시절의 우수한 성적으로 경북대학교 국문학과에 입학을 하셨다. 평소 문학에 관심이 많아 학교를 다니시면서 누나와 함께 책 읽는 것을 즐기고 종종 친구들과 시나 이야기를 써서 수상도 하셨다고 한다. 하지만 입학 이후 할아버지의 대학 생활이 그리 순탄한 것은 아니었다.

가족들의 품을 떠나 혼자 대구라는 객지로 내려오셔서 생활비와 대학 등록금을 마련하기 위해서 막일도 마다하지 않으시고 일을 하셨다. 그러다 힘든 생활에 몸이 많이 약해져서 결핵에 걸리게 되었으나 병원비가 아깝다고 생각되어 병원도 가지 않으시고 혼자서 죽을 고비를 넘기셨다고 한다. 원래 젊은 시절에 건장한 체격을 가지셨던 할아버지께서 얼마나 힘들고 고된 일들을 많이 겪으셔서 그렇게 아프셨을까 하는 생각에 마음이 아팠다. 전쟁이 끝난 지 얼마 안

된 터라 제대로 된 생활환경이 갖춰지기 어려웠을 텐데 그런 상황에서도 포기하지 않으시고 대학 생활을 마치신 것에 존경스러운 마음이 들었다.

그렇게 우여곡절의 대학 생활을 끝내시고 마침내 졸업을 하신 후에는 강원도 철암에서 첫 교편을 잡으셨다. 그리고 처음 발령받은 철암에서 동네 어르신의 소개로 할머니를 처음 만나셨다. 그 당시 할머니도 초등학교 교사로 재직 중이셨고 두 분은 첫눈에 반해 3년간의 연애 끝에 결혼을 하셨다. 그리고 첫째 아이가 생겨서 출산을 하신 뒤 할머니는 교직을 그만두시고 전업주부로 생활하셨다. 두 분은 슬하에 2남 1녀의 자식을 두셨고 우리 아버지는 그중에 막내로 태어났다.

할아버지는 어린 시절 어머니가 빨리 돌아가셔서 깊은 사랑을 받지 못해 자기 자식들에게는 아낌없는 사랑을 줘야겠다고 다짐해 오셨다고 한다. 하지만 할아버지는 타지에서 근무하셨기 때문에 가족과 주말이나 방학 때 만날 시간이 나지 않아 가족들과 많은 시간을 보내지 못하셨다. 그리고 할머니와 결혼하고 할아버지의 부모님과 몇 년 동안 같이 살았다고 하시는데 그때 부모님의 눈치 때문에 자식들에게 사랑을 많이 표현하지 못했다고 한다. 그 시절에는 아버지가 자식에게 근엄하고 가부장적인 모습을 보여주는 것이 당연하게 여겨진 시대라 부드럽게 사랑을 표현하는 것에는 어려움이 있었을 것이다.

그게 후회가 되신 것인지 할아버지는 가끔 할아버지의 그때 생활을 떠올리시며 가족들 앞에서 더 나은 가족 환경을 만들지 못한 것에 안타까움을 표현하셨다. 그리고 늘 우리 아버지에게도 자식들이랑 이야기도 많이 하고 여행도 많이 가며 함께하는 시간을 많이 보내라고 하셨다고 하신다. 그래서인지 우리 아버지는 내가 어렸을 때부터 나와 우리 형과 많은 시간을 보내려고 노력하신다. 그리고 나 또한 그런 영향을 받아 나중에 결혼을 하면 가정적인 남편이자 친구 같은 아빠가 되어야겠다는 생각을 하게 되었다.

할아버지는 38년의 교직 생활을 끝으로 1998년도에 퇴임을 하셨고 그 이후로 어린이집 한자 선생님과 동화 구연으로 봉사활동을 다니시며 가르침의 끈을 놓지 않으셨다.

그리고 2002년도에 내가 태어났고 할아버지는 누구보다 나의 탄생을 기뻐하셨다. 나는 어린 시절부터 할아버지와 함께 한 기억이 많은데 할아버지는 나와 형에게 동화책도 많이 읽어주시고 재미있는 옛날 놀이를 많이 알려주셨다. 그리고 가족들과 함께 여행을 가면 여행간 지역의 향토사도 많이 알려 주시고, 한자나 사자성어도 알려주셨다. 다른 또래 친구들에 비해 나는 할아버지, 할머니와 함께하는 시간이 많았고 명절이 되면 형과 할아버지와 둘러앉아 할아버지의 과거 이야기를 듣는 것을 좋아했다. 그렇게 할아버지의 이야기를 많이 들었기 때문에 할아버지에 대한 삶을 적을 수 있지 않을까 하는 생각이 든다.

다시 처음 어머니께 전화를 받은 때로 돌아가서, 나는 할아버지가 돌아가셨다는 소식을 듣고 급히 집으로 돌아가서 형이랑 같이 장례식장으로 향했다. 장례식장에 도착해서 무거운 마음으로 들어갔더니 친척들이 상복을 입고 장례식을 준비하던 중이었다. 나는 장례식장을 처음 가봐서 무엇을 해야 할지 몰라 어리둥절했었다. 그저 지시에 따라 움직일 뿐이었다. 상복을 입고 준비를 하던 중 장례식장 주위를 둘러보았다. 내가 생각했던 것만큼 어두운 분위기가 풍기지 않았었다. 오히려 허무한 느낌이 들었다. 그렇게 둘러보다 한 가지가 눈에 띄었다. 바로 할아버지 영정사진이었다. 영정사진 속 할아버지 모습은 정말 근엄하시고 건강해 보였다.

예전에는 같이 산에 오르고 한 달에 한두 번씩 캐치볼을 할 정도로 건강하셨다. 그리고 명절 때마다 쾌활하게 웃으시며 가족들의 분위기 메이커이었던 할아버지의 모습이 주마등처럼 떠올랐다. 하지만 이제 그런 할아버지의 모습도 볼 수 없고 할아버지의 목소리도 들을 수 없다는 사실이 믿기지 않았다. 금방이라도 할아버지가 재밌는 이야기를 해주시며 내 앞에서 흐뭇하게 웃고 계실 것만 같았다. 형도 서로 말을 하진 않았지만, 표정만 봐도 나와 같은 마음임을 느낄 수 있었다.

그리고 한 가지, 가장 기억에 남는 것은 할아버지와 같이 짜장면 먹기로 한 약속이었다. 할아버지가 나와 만나면 항상 했던 말씀이 있었다. 바로

"같이 짜장면 먹으러 가자."

이 말씀은 할아버지께서 가족들과 함께 있을 때도 다른 사람이 듣지 않게 나에게만 슬쩍 다가오셔서 내가 돈을 많이 벌면 같이 짜장면을 먹으러 가자고 자주 말씀하셨다. 그 약속을 떠올렸을 때 후회가 많이 됐다. 그때는 할아버지의 건강이 악화되기 전이라서 약속을 지킬 수 있는 기회는 많다고 생각하였다. 하지만 할아버지는 당뇨를 오래 앓으시다가 돌아가시기 2년 전부터 신장 투석을 받으셨다. 투석은 일주일에 세 번 받으셨는데 받고 오실 때마다 힘이 많이 빠져서 누워만 계시는 모습을 보고 마음 한 편이 많이 무거웠다.

할아버지는 건강이 점점 많이 악화되셨다. 약해진 몸을 이끌고 걸으시다 거실에서 쓰러지셔서 고관절이 골절되셨다. 이미 몸이 많이 쇠약해진 상태라 수술을 받아도 완벽한 회복을 장담할 수 없었고 각종 합병증의 위험이 있었다. 결국, 가족회의를 거쳐서 수술은 진행하기로 했고 수술은 무사히 잘 끝났다. 나는 수술이 잘 끝났다는 소식에 이제 곧 괜찮아지시겠지 했는데 곧 일주일 뒤부터 갑작스럽게 패혈증이 왔고 나중에는 섬망 증상을 보이며 주위에 있던 사람들을 알아보지 못하셨다. 그리고 얼마 지나지 않아 결국 돌아가셨다.

이렇게 빨리 할아버지의 마지막 날이 찾아올지 알았더라면, 아니 바로 약속을 지켰다면 이렇게 마음이 무겁지는 않았을 것이다. 그냥 내 용돈으로라도 짜장면 한 그릇 사드릴 수 있었을 텐데 왜 다음에, 다음에, 하며 그 기회들을 미뤘는지 후회가 많이 된다.

내가 장례식장에 있는 3일 동안 가장 기억에 남는 날은 둘째 날이었다. 둘째 날에 멀리서 할아버지의 형제자매들이 찾아왔었다. 할아버지의 형제분들은 다들 타 지역에 살고 계신데, 그분들이 할아버지가 돌아가셨다고 소식을 받았을 때 어떤 기분이 들었을까? 감히 상상하기도 힘들고 상상하고 싶지 않았다. 어린 시절부터 같이 살아왔던 가족인데 그 가족을 잃은 기억이 얼마나 슬플까. 게다가 8형제 중에서 처음으로 돌아가신 분이 바로 우리 할아버지였다.

가족들도 마음의 준비가 채 되지 않은 상태로 이런 일이 일어나서 많이 당황스럽고 안타까우셨을 것이다. 거기서 가장 기억에 남는 사람은 작은할아버지였다. 몇 달 전, 나는 작은 할아버지를 만났었다. 작은할아버지 아들의 결혼식 때문에 서울로 올라가서 만나게 되었다. 그때는 작은할아버지가 기뻐하는 모습을 보았는데 장례식장에서 본 작은할아버지 모습은 그저 작은할아버지의 형인 할아버지 영정사진을 멍하니 바라보고 있을 뿐이었다.

나는 아직도 그날 본 작은할아버지의 모습이 잊히지 않는다. 자신의 형이 죽었을 때 기분이라……. 만약 나의 형이 죽는다면, 그리고 형 장례식장에 내가 와있다면 어떤 기분일까. 언제나 나에게 듬직한 형이 이 세상에서 없어진다는 것은 상상조차 할 수 없는 일이다. 할아버지의 장례식장에 와있는 작은할아버지는 눈물을 흘리시지는 않으셨지만 가슴으로는 얼마나 많은 눈물을 흘리고 계실지 가늠이 되지 않았다. 나는 그저 아무 기운 없이 앉아 있는 작은할아버지를 바라보며 마음으로 위로를 해 드렸다.

내가 둘째 날이 기억에 남는 날이라고 했는데 그날 저녁이 다가올 때 할아버지의 시신을 보는 시간이 있었기 때문이다. 정확히 기억나지는 않지만, 관에 들어가기 전 마지막으로 몸을 씻겨드리고 수의를 입혀 관에 넣어주는 일이었다. 나중에 들으니 그 과정을 염이라고 부른다고 한다. 가족들을 불러서 장례식장 전문가들이 할아버지의 싸늘한 주검을 씻겨주는 동안 할머니를 비롯해 많은 사람들이 눈물을 흘리며 울고 있었다. 나는 이전까지는 사람들에게 우는 티를 감추려고 눈물을 흘리는 것을 참았지만 이때만큼은 눈물이 흐르는 것을 막을 수 없을 정도로 그 순간은 정말 슬펐었다.

그렇게 모두가 슬픔에 빠지고 있을 때 할아버지 옆에 모이라고 했었다. 그리고 할아버지에게 마지막으로 하고 싶은 말을 전하라고 했었다. 할머니부터 시작해서 큰 아빠, 고모, 고모부, 아빠, 엄마, 사촌 누나, 형, 나 순서로 마지막 말을 전했다. 마지막 말을 전할 때 다들 할아버지의 얼굴에 손을 대면서 말을 전하였다. 그래서 내 차례가 다가왔을 때 '할아버지. 좋은 곳에 가셔서 이제 아프지 말고 다음에 다시 꼭 만나요.'라고 마음을 전하고 할아버지의 얼굴을 만져보았는데 정말 차가웠다. 몸의 체온이 없기 때문에 차갑다고 느꼈겠지만 이제 만나지 못한다는 슬픔에 지금까지 느껴보지 못한 차가움 그 이상을 그 순간에 느꼈던 것 같다. 할아버지의 얼굴을 보면서 이제 다시는 할아버지를 가까이에서 볼 수 없다는 생각에 이때까지 참았었던 눈물이 나왔었다. 그렇게 할아버지의 마지막 모습을 내 눈과 내 손에 담았다.

장례식장에 찾아오신 분들 중 특별한 분이 있었는데 그분은 바로 할아버지의 어렸을 때부터 친했던 친구였다. 할아버지가 항상 해주시던 이야기 중에 친구분의 이야기도 자주 있었다. 그 친구분과는 40년 동안 연락이 끊겨있었지만, 친구분께서 연락처를 알게 되어 할아버지한테 편지 한 통을 보내셨다고 한다. 그리고 서로 편지를 주고받으시다가 할아버지께서 서울로 올라가서 40년 만에 그 친구분을 만나서 하루를 함께 보내셨다고 했다. 그분은 우리가 장례식장을 치르는 3일 동안 항상 같이 옆에 있어 주셔서 기억에 남았다.

어렸을 때 할아버지보다 가정형편이 더 안 좋아서 책을 살 돈도 없었다고 하셨는데 그럴 때마다 우리 할아버지께서 그분에게 책을 주셨다고 한다. 그 친구분도 할아버지처럼 교사셨는데 두 분이 같은 책으로 공부를 해서 같은 직업을 가지게 된 것은 아닐까 하는 생각이 들었다. 그렇게 힘든 일이 있을 때 할아버지와 같이 지내다 보니 정말 할아버지와 친하다는 것을 알 수 있었다. 그분을 보고 진정한 친구란 것은 바로 이런 거 구나라는 생각이 들었다.

사람들은 말한다. 진정한 친구가 1명이라도 있다면 그 인생은 성공한 인생이라고……. 사람들의 말처럼 진정한 친구는 정말 만들기 어렵다. 지금 주위를 둘러보면 자신의 진정한 친구라고 말할 수 있는 사람이 몇 명이나 되는가? 그리고 아무리 친구가 많더라도 가벼운 관계밖에 안된다면 그것은 성공한 인생이라고 말할 수 없다. 만약 내가 죽는다면 그분처럼 장례를 치르는 동안 계속 옆에 있어 줄 사람이 과연 몇 명이나 될까?

자신의 마지막을 같이 해줄 사람이 있다는 것은 세상에 있는 무엇보다도 비교할 수 없을 정도로 엄청난 축복이다. 정말 그분을 보고 성공한 사람들의 연설, 조언, 충고에서 얻을 수 있는 것보다 훨씬 많은 것을 배웠다. 나는 성공의 기준을 사람의 능력이나 재력으로 판단하였는데 그날 바라본 그분과 할아버지처럼 성공한 인생을 산 사람을 본 적이 없었다. 마지막 날 그분은 할아버지께 곧 만나러 가신다는 말을 전했다. 그 말을 듣고 진정한 친구는 죽어서도 또다시 만나 친구가 될 것 같다는 생각이 들었다.

마지막 셋째 날, 할아버지와 진짜로 이별할 날이 찾아왔다. 할아버지가 있는 관을 리무진에 태우고 화장장으로 향했다. 할아버지의 영정사진은 우리 형이 들었고 나는 그 뒤를 따라갔다. 화장장에 도착해서 화장을 시작하고 2시간 만에 할아버지는 한 줌의 재로 유골함에 담겨 우리 품으로 오셨다. 사람의 몸이 이렇게 한 줌의 재가 되는 것이 이렇게 빠르고 허무한 일이구나 하는 생각이 들었다.

우리는 차를 타고 영천 만불사로 향했고 제사를 지내고 할아버지의 유골함을 산에 묻었다. 가족들의 눈물은 멈추지 않았고 모두가 같은 마음으로 할아버지가 좋은 곳에 가시기를 기도했다. 제사를 마치고 집으로 가족들과 돌아와서 앉아있는데 할머니의 얼굴을 보고 마음이 너무 아팠다. 여태까지 할머니에게서 볼 수 없었던 표정을 보았기 때문이다. 젊은 날을 다해서 52년을 함께 해로한 동반자가 이제 더이상 옆에 없다는 것은 어떤 공허한 기분일지 상상이 되지 않았다. 죽음이라는 것은 누구나 겪고 이겨내야 하는 일이라고 하지만 누구에게도 쉬운 일이 아니라는 생각이 들었다. 그런 할머니를 혼자 두고 집에 올 생각을 하니 마음이 너무 무거웠다. 두 분이 함께 항상 생활하시던 집에서 할아버지가 없는 할머니는 참 외롭고 무섭겠다고 생각했다.

이제 할아버지가 하늘나라로 가신지는 1년 반이라는 시간이 흘렀다. 나는 아직도 명절이나 제삿날, 그리고 가족들이 다 모이는 날이 되면 할아버지를 마음속으로 추억한다. 아직까지 나는 죽음이라는 이별을 온전히 받아들이기 힘든 것 같다. 이렇게 할아버지의 이야기를 담아내면서 우리가 함께한 추억들을 다시 회상하고 기억할 수 있어서 좋은 경험이 되었다고 생각한다. 그리고 이제라도 이 과제를 기회로 삼아 할아버지에게 다 하지 못한 말을 전하고 싶다.

"할아버지. 잘 지내고 계신가요? 아프진 않으신가요? 저희 가족은 할아버지의 빈자리를 느끼며 잘 지내고 있어요. 저는 어린 시절부터 할아버지한테서 많은 것을 듣고 배웠어요. 할아버지가 살아계셨을 때 저한테 좋은 말씀 많이 해주셨잖아요. 어르신들한테 인사 열심히 하고 좋은 친구들과 함께 추억도 많이 쌓고 많이 배우라는 말씀 덕분에 저와 형은 더 좋은 사람이 되려고 노력하고 있어요. 그래서 학교에서도 좋은 학생으로 항상 노력하는 자세로 많은 것을 배우려고 하고 있고 어른들이나 주변 사람들에게도 예의 바르게 대하고 있어요. 어린 시절의 추억에 할아버지와 많은 기억들이 있어서 할아버지를 추억하는데 도움이 돼요. 저는 아직 할아버지의 모습을 기억하고 또 함께 찍은 사진을 보며 자주 떠올리고 있어요. 아직 할아버지를 슬픔 없이 다 보내드리기에는 더 많은 시간이 걸리겠지만 항상 할아버지의 말씀을 가슴에 품고 더 좋은 사람이 되어 살아갈 수 있도록 노력할게요. 할아버지 장례식에서 할아버지와 3일 동안 함께 곁에 있어주신 친구분을 보며 할아버지께서 정말 멋진 삶을 살아가셨다는 생각이 들었어요. 항상 존경하고 저의 롤모델로 할아버지를 기억하며 살겠습니다. 나중에 시간이 흘러서 할아버지를 만나게 된다면 그때 제가 꼭 짜장면 사 드릴게요. 너무 보고 싶고 사랑해요. 할아버지!"

일상 속에 스며들었던 가족의 존재

일상 속에 스며들었던 가족의 존재

박 준 서

본격적인 가족 구술사를 쓰기 전에 우리 집의 가족 구성을 소개하겠다. 우리 가족은 아빠, 엄마, 나, 나의 쌍둥이 동생까지 모두 4명이다. 내가 태어난 시기를 기준으로 대략 17년간 함께 한 집에서 생활하고 있다.

나는 이모할머니 집에서 내 어린 시절의 일부분을 보냈다. 위에서 소개했다시피 나는 쌍둥이인데 우리 엄마, 아빠는 맞벌이 직장 생활을 하면서 여건상 우리 둘을 여유 있게 돌볼 수가 없었다. 그래서 동생은 할머니 집에 나는 이모할머니 집에 일시적으로 맡겨지게 되었다. 나와 동생은 평일 동안만 맡겨졌고 금요일이 되면 엄마와 아빠는 서로 역할을 나누어 우리를 찾으러 두 집으로 향했다.

나는 시간을 맞추어 나를 찾으러 왔던 엄마와 아빠의 모습을 모두 기억한다. 어렴풋이 기억하건대 나는 항상 그 시간을 기다렸었다. 나를 데리러 온 엄마와 아빠에게는 언제나 기쁜 미소를 숨길 수 없었다. 나는 그런 기억이 없는데 엄마와 아빠에 의하면 재미있는 일화가 있었다고 한다. 금요일 엄마와 아빠가 나를 데리러 오는 시간에 맞춰 나는 한참 전부터 현관 앞에 대기하고 있었다. 그때 문이 열렸고 들어오는 사람은 다름 아닌 이모할아버지였다. 나는 기분이 상해 이모할아버지에게 왜 아빠가 아니냐고 다짜고짜 화를 냈다고 한다. 원인도 모른 채 다짜고짜 화를 당한 이모할아버지, 얼마나 당황스러우셨을까.

나는 내가 어릴 때 이모할머니 집에서 많은 시간을 보냈다는 사실을 후회하지 않는다. 엄마, 아빠와 조금이라도 더 많은 시간을 함께하지 못했다는 것에 큰 아쉬움을 두지도 않는다. 덕분에 나는 이모할머니 집에서 보냈던 함께 슈퍼마켓에 간 기억, 트로트를 배우고 부른 기억, 모기장을 쳐서 재미나게 잠잔 기억과 같은 많은 시간들을 기억한다. 비록 어린 시절에 더 많은 시간을 엄마, 아빠와 함께 보낼 수 있었다고 하더라도 난 현재 엄마, 아빠와 함께한 행복한 기억들을 충분히 많이 간직하고 있으며 그에 대해 단 한 번도 원망해본 적은 없다.

우리 가족은 내가 어릴 때부터 주말마다 목욕탕에 가는 문화가 있었다. 최근 3년 정도의 기간 동안은 내가 목욕탕에 따라가는 것을 거부했지만 그 전까지는 엄마, 아빠, 나, 동생 모두 목욕탕에 함께 갔었다. 5살 때까지는 엄마 따라 나와 동생 둘 다 여탕에 갔었다. 비록 오래된 일일지라도 나는 엄마와 함께 여탕에 간 기억의 일부가 아직도 생생하다. 그때 나와 동생은 아주 어린 나이었고 더군다나 쌍둥이라는 독특함을 가졌기에 항상 목욕탕 아줌마들의 귀여움과 관심의 대상이었다. 노천탕에서 우리에게 쌍둥이냐고 물었던 손톱에 봉숭아

물을 발갛게 들였던 이름 모를 아줌마의 얼굴이 머릿속을 지나간다.

우리가 5살이 되고 나이를 조금씩 더 먹게 되면서 이제 더는 여탕에 따라 들어갈 수 없게 되었다. 그래서 난생 처음으로 목욕탕을 아빠와 함께 남탕으로 가게 되었다. 그 후로는 항상 아빠와 갔기 때문에 목욕탕 하면 아빠와의 추억이 더 많다. 아빠와 목욕탕에 자주 가게 되면서 우리에게는 일종의 순서가 형성되었다. 우리는 목욕탕에 들어가면 먼저 몸을 샤워기에 헹군다. 그런 후 우리는 동시에 온탕에 들어간다. 나와 동생은 온탕에서 오래 있는 것을 잘 못 견뎠다. 그래서 온탕에 들어갈 때는 항상 시간을 정했다. 처음에는 5분, 조금 더 늘려서 10분, 우리는 온탕 속에서도 점점 더 잘 견딜 수 있게 되었다. 나중에 아빠에게 왜 굳이 따뜻한 물에 들어가 있어야 하냐고 물어보니 따뜻한 물에 몇 분 정도 들어가 있어야 때가 부드럽게 잘 나오기 때문이라고 했다.

온탕에서 나오면 우리 3명은 목욕탕 의자를 가지고 가서 나란히 자리를 잡는다. 자리를 잡은 후 나와 동생은 누가 먼저 때를 밀 차례인지 기억을 더듬어본다. 우리는 먼저 때를 밀 사람을 번갈아서 정하기로 약속했었다. 물론 때를 직접 미는 것은 아빠의 몫이었다. 한 명이 때를 먼저 미는 동안 다른 한 명은 냉탕에 가서 혼자 놀면 된다. 우리는 냉탕에서 노는 것을 아주 좋아했다. 냉탕은 우리가 목욕탕에 가는 이유이다. 그래서 가족 여행을 갈 때도 목욕탕에 갈 일이 생기게 되면 항상 냉탕이 우리가 놀 수 있을 만큼 큰 목욕탕이어야 한다는 조건이 붙는다. 갔는데 냉탕이 작으면 아주 실망한다. 목욕탕에 간 이유가 없기 때문이다.

한 명이 때를 다 밀고 나면 다른 한 명이 와서 때를 밀고 간다. 둘 다 때를 다 밀면 우리는 비누로 몸을 씻고 샴푸로 머리를 감은 후 자유 시간을 가진다. 자유 시간은 냉탕에서 자유롭게 노는 것이다. 우리가 모든 것을 마무리한 후에야 아빠는 씻기 시작한다. 면도도 하고 머리도 감고 몸도 씻는다. 아빠가 이 모든 걸 하는 동안 우리는 냉탕에서 재미나게 논다. 우리가 즐겁게 노는 사이 아빠의 목욕도 마무리가 되어 간다. 우리는 냉탕에서 나와 마지막으로 몸을 한 번 깨끗이 헹군다. 이러한 순서를 거쳐 우리의 목욕탕 일정은 비로소 끝이 난다.

목욕을 마치고 로비에 나와 우리는 엄마와 반갑게 재회한다. 목욕을 즐긴 후 바라보는 세상은 아주 상쾌했다. 나의 마음까지도 상쾌해지는 기분이었다. 우리 네 가족은 상쾌해진 몸과 마음으로 새로운 행복을 쌓아나갔다.

나는 어릴 때 쌍둥이 동생과 종종 싸웠다. 우리는 자주 싸웠었다. 이유는 그때그때 다양했다. 한참을 장난을 치다가 한순간에 싸울 일이 생기면 치열하게 싸우기 시작한다. 단, 우리는 서로 치고받고 싸우기보다는 주로 말로 싸웠다. 우리의 싸움에서는 누구의 기억이 맞느냐와 같은 문제가 주된 싸움의 원인이었다. 둘 다 어렸고 나이도 같다 보니 서로의 주장을 굽힐 줄을 몰랐었다. 서로가 계속 자기주장만 하다 보니 감정이 상해서 싸움이 격화되기도 했던 것 같다. 기억에 남을만한 논쟁 주제는 딱히 없다.

한 가지 기억에 남는 일화가 있다면 중학교 1학년 때 방학 기간 중 외할머니 집에 놀러 간 적이 있었다. 우리 둘은 방에서 숙제를 하던 중이었다. 숙제를 하다말고 갑자기 방 안에서 2시간을 앉아서 말싸움한 것이 기억난다. 숙제와 관련된 어떤 주제로 그렇게 싸웠던 것 같기도 하고, 정확히는 모르겠다. 굉장히 치열하게 말싸움을 벌였던 것만은 확실히 기억난다. 그 날 우리는 2시간 동안 싸운 끝에 다시 장난을 치고 같이 놀았다. 웃긴 일이다.

이렇게 우리 둘이 싸우는 많은 날들 중에서도 특히나 감정이 격앙되어 싸움이 더욱 치열해지는 경우가 종종 있다. 이런 날이면 엄마와 아빠는 우리를 나란히 앉히고 우리의 이야기를 듣고 우리의 문제를 해결시키기 위해 노력했다. 엄마와 아빠 앞에서 우리는 각자 자신의 주장과 입장을 열변했다. 할 말이 너무 많아 머릿속에서 정리가 되지 않을 때에는 종이에 써서 각자의 주장을 피력하기도 했다. 엄마와 아빠는 그 글을 읽고 상황을 해결하기 위해 또다시 노력했다.

나는 그 당시 우리의 싸움, 문제를 해결해나가는 과정이 소모적이었다고 생각하지 않는다. 바람직한 가족관계를 형성하기 위해 반드시 필요했던, 쓸모 있었던 시간이라고 생각한다. 서로의 생각을 숨기고 무관심하게 사는 것보다 부딪히고 대화하고 함께 해결해나가면서 우리는 상대를 이해하고 더욱 존중할 수 있게 되었다.

사소했던 동생과의 싸움, 엄마 아빠와 함께 문제를 해결해나가는 충분한 시간이 있었기에 현재 우리 가족은 서로를 존중하며 행복하게 살아가고 있는 것이 아닐까? 싸움과 부딪힘이란 어느 특정한 시점에 종식될 수 없는 계속해서 반복되는 것이겠지만 앞으로도 이러한 과정들을 거치면서 우리 가족은 점점 더 행복해질 수 있다고 나는 믿는다.

우리 가족은 내가 어릴 때부터 가족 여행을 유난히 많이 다녔었다. 주말마다 네 명 모두 가까운 산이나 공원에 다녔었다. 방학 시즌에는 적으면 3회 많으면 5회까지도 가족 여행을 다녔었다. 우리 가족 중 여행 다니는 것을 가장 좋아하는 사람은 엄마이다. 그래서 여행 계획은 항상 엄마가 짜고 엄마가 주도했다. 우리 가족은 여행 짐을 쌀 때 자기 짐은 자기가 싼다. 나와 동생은 어린 나이었지만 우리 짐은 항상 우리가 쌌다. 여행 짐을 쌀 때 엄마나 아빠가 이래라저래라 관여했던 기억은 전혀 없다. 주위에 보면 부모님이 아이가 짐을 싸는 것에 대해 지나치게 애정을 가지고 관여하기도 한다. 우리는 어릴 때부터 여행을 자주 다니면서 우리 짐은 우리가 싸는 습관이 되어있어 우리 자신도 부모님께 의존하지 않고 부모님도 우리 짐은 당연히 우리가 알아서 싸는 것으로 생각한다.

여행을 떠나기 전날에는 항상 우리 가족 모두 대형마트에 가서 장을 본다. 당연히 먹거리를 사기 위해서이다. 다음 날 떠날 여행을 기대하며 대형마트에서 이것저것 사고 싶은 것을 구경할 때면 기분이 매우 설렌다. 우리 가족은 대형마트를 누비며 장을 보기 시작한다. 과자, 음료수, 고기 등 맛있는 먹거리를 사서 한가득 차에 싣는다. 차를 타고 집으로 돌아오는 길에 나와 동생은 이미 잠이 들어있다. 차 안에서 편히 잠을 자고 있던 나와 동생을 엄마, 아빠가 깨우고 우리는 비몽사몽 아파트 계단을 걸어 올라갔다. 도착하자마자 나와 동생은 씻는다. 우리는 예전부터 무슨 일이 있더라도 밤에 씻고 상쾌한 기분으로 자는 것을 선호한다. 얼른 씻고 편한 옷으로 갈아입은 뒤 우리 둘은 다음 날 떠날 여행에 들뜬 마음으로 잠자리에 든다. 잠자리에 누웠을 때 방문 사이로 가늘게 새어 들어오던 불빛이 눈앞에 선하다. 엄마와 아빠는 늦은 시각까지 다음 날 먹을 것과 각종 여행 물품을 챙기며 우리와 함께 떠날 여행을 위해 만반의 준비를 하고 있었다.

아침에 눈을 뜨면 우리 가족은 여행을 떠난다. 떠나는 날 아침은 짐을 다 싸 놓았음에도 불구하고 왠지 모르게 정신이 없다. 뭔가 빠뜨린 것 같고, 뭔가 더 챙겨야 할 것 같고. 미련 없이 우리 가족은 여행을 떠난다. 본격적인 여행이 시작되면 우리 가족은 그동안 일상생활에서 받은 각자의 스트레스를 모두 잊고 여행의 즐거움과 자유를 만끽한다. 하고 싶은 이야기를 하고, 멋진 자연과 풍경을 감상하고, 맛있는 것을 먹고, 행복의 시간을 누린다.

우리 가족은 주로 산과 바다가 멋지게 자리 잡은 곳을 여행지로 선정했다. 복잡한 도시를 등지고 등산과 해수욕을 즐기며 산과 바다의 멋진 풍경을 감상하는 것은 가슴이 탁 트일 수 있는 최고의 여행이기 때문이다. 여행이 점점 끝나갈 무렵에는 진한 아쉬움과 더불어 집에 대한 그리움이 우리 가족을 찾아든다. 또 하나의 행복한 추억을 품은 채 우리 가족은 차를 타고 원래의 보금자리로 돌아간다.

가족 여행을 마치고 돌아오면 항상 기다리는 것이 있다. 바로 정리이다. 여행 동안 입었던 옷과 먹고 남아 보관해야 할 음식들을 처리해야 한다. 시간이 아주 오래 걸리는 작업이다. 나와 동생은 여행을 마치고 돌아온 후에도 가족 여행의 여운에 젖어있을 수 있지만, 엄마와 아빠에게는 여행을 되돌아보는 것도 잠시 슬픈 현실이 기다리고 있다. 여행 후 남은 음식, 옷, 여행 물품이 엄마, 아빠에게 하나하나 다가와 우리와 함께 했던 여행의 기억들을 연상시켜주며 엄마, 아빠는 그것으로 충분히 행복했을 것이라 믿는다. 어릴 때의 여행 기억들을 돌아보니 우리의 신나는 가족 여행이 엄마와 아빠의 땀과 노력으로 뒷받침되었다는 사실을 새삼스레 깨닫게 된다.

나는 동생과 함께 어릴 때 엄마의 모임에 자주 따라갔었다. 엄마는 정기적으로 나가는 모임이 하나 있다. 어릴 때 아빠가 일을 하고 늦게 오는 날이면 우리가 집에서 홀로 방치되는 것을 방지하기 위해 따라 나갔던 엄마의 모임이 우리에게는 꽤 매력적이었던 것 같다. 엄마의 모임에 따라 나가는 것은 아주 재미있다. 그 모임에서만 들을 수 있는 이야기를 듣는다는 기분에 왠지 모를 만족감을 느낄 수 있다. 나와 동생은 항상 말이 없이 사람들이 하는 이야기에 귀를 기울였다. 모임은 대개 식당에서 시작된다. 저녁 식사와 함께 즐거웠던 식당에서의 첫 대화가 끝이 나면 모임의 두 번째 대화를 이어줄 다음 장소를 선정해야 한다. 모임에 참여한 사람들의 집 중 손님들을 초대할 만큼 집이 깔끔히 청소가 되어 있는지, 저녁 식사를 마친 식당의 위치로부터 걸어서 가깝게 이동할 수 있는 거리인지, 손님들이 초대되었을 때 집에서 불편해할 사람이 있는지 등을 고려해 임의로 한 집이 선택된다. 그러면 모두가 다음 장소로 걸음을 옮긴다.

새로운 집을 구경하는 것은 언제나 재미있다. 우리 집에는 없는 것들이 있기도 하고 우리 집만 특수하게 가지고 있는 것들도 발견할 수 있다. 누군가의 집에서 모임이 이루어지면 더욱 편안하고 더욱 자유로운 상황에서 재미난 대화가 오고 간다. 우리는 역시나 말없이 사람들의 이야기에 가만히 집중한다.

나는 지금도 사람들 앞에서 말을 많이 하는 편이 아니다. 주로 다른 사람들의 이야기를 듣는 것을 좋아한다. 그래서 나는 상대방이 말을 할 때마다 가벼우면서도 진심어린 반응만 좀 해주면 내 앞에서 계속해서 이야기를 재미있게 이어나갈 수 있는 사람과 대화하는 것을 좋아한다. 조금 이기적인 것 같기도 하다. 그렇거나 말거나 내가 다른 사람의 이야기를 듣는 것을 좋아하고 또한 잘 들어줄 수 있는 것은 어릴 때 따라 나간 엄마의 모임으로부터 영향을 받은 것 같다. 이야기 듣는 걸 좋아하는 나는 어릴 때 내가 들었던 많은 이야기들만큼이나 많은 사람들과 함께 그 이야기를 나누고 싶다.

나는 초등학교 5, 6학년 시절 한때 영화에 푹 빠진 적이 있었다. 수요일과 목요일은 새로운 영화들이 대거 개봉하는 날이었다. 그날만 되면 나는 인터넷으로 새로 개봉한 영화가 무엇이 있는지 살펴보고 기록해 두었다가 주말에 영화관으로 가서 보고 싶었던 영화를 관람했다. 내가 이토록 영화에 흠뻑 빠지게 되었던 결정적인 계기는 '늑대소년'이라는 영화 때문이었다. 그 당시 엄마는 '늑대소년'의 공짜표를 가지고 있었다. 엄마는 공짜표 만료 기간이 임박해서 얼른 표를 써야 하니 함께 보러가는 게 어떻겠냐고 제안했다. 나는 그 전까지 영화에 조금도 관심이 없었다. 그날 역시도 엄마의 간곡한 요청으로 마지못해 영화관에 따라간 것이었다.

영화관에 들어가서 좌석에 앉았다. 몸을 마음대로 움직일 수 없다는 느낌 때문에 불편했다. 앞사람의 머리 때문에 허리를 꼿꼿이 세워야만 앞이 그런대로 잘 보였다. 다소 불편한 감이 있었지만 나는 감수했고 드디어 영화는 시작됐다. 적막한 분위기 속에서 나는 영화의 스토리에 점차 몰입되어 갔다. 뭔지 모를 원인으로 나는 영화라는 문화생활에 완전히 매료되었다. 그 후로 나는 엄마, 아빠에게 영화를 보러 가자고 극심하게 졸라대는 아이가 되었다. 엄마, 아빠는 나의 지나친 영화 사랑에 넌더리가 났을 것이다. 그 후로 나는 주말 중 하루를 모두 영화에 투자해가며 2편씩을 연달아 관람하는 등의 괴짜 같은 행동을 했다.

주로 영화는 아빠와 많이 보러 갔다. 엄마는 영화관에서 2시간 정도의 시간을 같은 자세로 앉아있는 것이 허리도 아프고 불편하다며 영화관에 가는 것을 대체로 꺼려했다. 대신 아빠가 우리의 영화관 가이드를 맡게 되었다. 아빠는 긴 시간 내내 바른 자세를 유지하며 기꺼이 영화 한 편을 보는 스타일이다. 또한, 아빠는 보는 영화가 자신의 관심사와 일치하는 것이든 아닌 것이든 영화를 보는 시간 만큼은 그 영화에 열중한 채 관람을 이어간다. 나는 항상 영화가 끝나면 아빠에게 영화에 대한 감상을 말할 것을 강요했다. 아빠는 항상 나의 무례한 요구에 응답했고 우리는 번번이 영화의 감상평을 함께 공유했다.

영화를 아빠와만 보러 다닌 것은 아니다. 엄마와 함께 본 영화 중 가장 기억에 남는 영화가 있어 한 편을 소개해 본다. 영화의 제목은 '파파로티'이다. 김천 지역을 배경으로 제작된 영화인데 간단한 줄거리는 이러하다. 김천의 어느 조용하고 한적한 예술 고등학교에 조직폭력배 생활을 하던 남학생이 전학을 오게 된다. 방탕한 생활만 할 것 같았던 그 학생은 운명적으로 한 성악 선생님을 만나고 그 선생님과 함께 새롭고 멋진 인생을 만들어간다는 내용이다. 나는 초등학생이었을 때 이 영화를 접했다. 이 영화는 며칠간 나의 마음속을 계속

해서 맴돌았다. 왠지 모르게 보면서 가슴이 따뜻해지던 영화, 그 영화는 나에게 아주 인상적이었다.

요즘은 가족과 예전처럼 빈번하게 영화관에 가질 않는다. 다만 내가 아직 영화에 흥미를 가지고 있다는 점은 여전하다. 단지 시간이 없을 뿐이다. 나는 어릴 때 가족과 많은 영화를 보러 다닌 것이 나에게 긍정적인 영향을 주었다고 생각한다. 외국영화와 한국영화를 불문하고 수많은 종류의 영화들을 관람함으로써 직접적으로는 체험하고 느낄 수 없는 새롭고 넓은 문화들과 소통할 수 있었고 이를 통해 나는 한없이 관용적인 사람이 된 것 같다. 어린 시절 부모님과 함께 한 문화생활은 현재의 나를 한껏 기품 있는 사람으로 만들었다고 생각한다.

우리 가족은 예전부터 집의 구조를 자주 바꾸었다. 항상 정해진 구조로 이루어진 집에서 살다 보면 답답할 때가 가끔 있다. 그럴 때면 기분 전환 삼아 우리 가족은 모두 집의 구조를 바꾸기로 결정한다. 집의 구조를 바꾸는 일은 이미 배치되어 있는 무거운 가구들을 옮겨야 한다는 점에서 물리적으로 힘든 작업인 동시에 정신적으로는 아주 재미있는 작업이기도 하다. 가구를 원래 있었던 자리에서 탈출시키고 어디로 옮길지를 고민하는 과정은 매우 재미있으면서 설렌다.

우리 가족은 각자의 요구 사항을 이야기한다. "문을 열고 들어갔을 때 공부하는 책상이 잘 보이도록 두자.", "나는 문을 열었을 때 내 책상이 안 보이면 좋겠는데? 나의 공간이 보호받도록.", "침대를 다른 쪽 벽에 가로로 붙이자.", "책장을 베란다로 내자.", "책장이 베란다에 안 맞으니까 아예 거실로 내는 것은 어떨까?" 서로 간의 긴밀한 협의를 거쳐 모두가 동의할 수 있는 합리적인 구조가 결정되면 그때부터 우리 가족은 각자 알아서 물건과 가구들을 옮긴다.

최근에도 고등학교 입학 전 새로운 마음가짐을 다진다는 차원에서 집의 구조를 바꾼 적이 있는데 이때는 당연히 나와 동생도 무거운 가구를 나르는 데 일조했지만, 우리가 어릴 때는 무거운 가구들을 나르는 것이 오로지 아빠의 몫이었다. 무거운 가구를 나르느라 땀을 무진장 흘리면서도 우리 가족이 행복해할 모습을 생각하며 아빠는 밝은 표정으로 묵묵히 가구를 날랐을 것이다.

집의 구조를 바꾸는 날은 대체로 주말 하루를 통째로 사용해야 한다. 구조만 바꾸고 나면 끝나는 것이 아니라 바뀐 구조에 맞추어 옮기는 과정에서 발견된 짐과 잡동사니들을 새로이 정리해야 하기 때문에 벌인 일을 완수하려면 여간 시간이 오래 걸리는 것이 아니다. 하루를 통째로 할애해 바꾼 우리 집은 우리 가족에게 전과는 다른 새로운 공간을 제공해준다. 앞으로 또 어떻게 바뀔지 모를 이 공간이 유지되는 날까지 나는 이곳에 최대한 많은 행복을 쌓아두고 싶다.

나와 동생이 어릴 때 엄마와 아빠는 가끔 시리즈로 구성되어있는 전래 동화책을 읽어주었다. 나는 내가 아주 어릴 때 직접 책을 손에 쥐고 페이지를 한 장 한 장 넘겨 가며 글을 읽은 기억이 거의 없다. 그러나 엄마와 아빠의 품에 안긴 채 엄마, 아빠의 책 읽어주는 목소리를 따라가며 책의 내용이 얕게나마 이해되거나 컨디션이 좋은 날은 주인공의 감정까지도 공감하며 들었던 적이 제법 있었던 것 같다.

하루는 이런 일이 있었다. 그날 아빠는 거실에서 나를 안은 채 나에게 책을 읽어주고 있었다. 그날따라 아빠가 읽어주는 책의 내용이 나에게 무척 슬프게 와 닿았다. 할머니와 고양이가 책의 주요 등장인물이었다. 할머니와 고양이는 서로를 위하고 의지하며 한평생 살아가다 어느 날 갑자기 슬픈 이별을 맞게 되었다. 그 이야기를 들은 나는 펑펑 울었다고 한다. 나도 기억이 난다. 아빠는 물론 거실을 우연히 지나가던 엄마도 내가 우는 그 장면을 목격하고는 적잖게 당황스러워했던 것 같다. 엄마는 얼른 휴지를 가져다주면서 나를 위로했다. 아빠는 나의 등을 두드리며 나를 달래주었다. 그 동화의 내용이 상세히 기억나지 않아 그런 것인지는 모르겠지만 지금 떠올려보면 딱히 눈물이 나진 않는다. 그땐 그 이야기가 왜 그렇게 슬펐는지 모르겠다. 아마 순수하고 여린 어린이라 그랬던 것 같다.

어릴 때 나는 유난히 엄마, 아빠와 떨어지기를 싫어했다. 엄마는 내가 조금 더 '굳센' 아이로 자라나길 바란 나머지 마음에 드는 태권도장을 물색해와 나와 동생을 태권도장으로 보내버렸다. 그렇게 해서 우리는 태권도장을 다니게 되었고 여름 휴가철을 틈타 태권도장에서 1박 2일로 실시하는 캠프 활동에까지 참가하게 되었다. 우리는 이 캠프에 참가하게 되면서 난생처음으로 엄마, 아빠와 떨어져 친구들과 함께 태권도장에서 하룻밤을 보내게 되었다.

처음에 우리는 캠프 활동에 참가하는 것을 단호히 거부했다. 엄마와 아빠는 좋은 경험이라며 이런 경험을 해보는 것도 중요하다며 갖은 이유들을 열거하면서 우리를 설득했다. 우리는 결국 엄마, 아빠의 권유를 못 이겨 반강제적으로 캠프 활동에 참가하게 되었다. 무거운 마음으로 태권도장에 끌려 들어갔고 결국 엄마, 아빠와 떨어져 하룻밤을 보내는 경험은 실현되었다. 캠프 1박 2일 동안 빨리 시간이 흘러 집으로 돌아갈 때가 되었으면 좋겠다는 마음만이 간절했다. 그래도 어찌 보면 캠프 활동을 첫 경험으로 이후 비슷한 여러 경험들이 모이고 모여 우리는 현재 기숙사에서도 원만히 생활할 수 있는 것이 아닐까.

길게만 느껴졌던 하룻밤을 그래도 평탄하게 버티고 태권도장에서 나와 우리는 드디어 집 앞까지 도착했다. 태권도장과 우리 집과의 거리는 그리 멀지 않아 우리는 걸어서 얼른 집에 도착할 수 있었다. 스스로 대견하다는 마음을 안은 채 현관문 앞에서 비밀번호를 누르려는데 집안에서 누군가 아예 문을 잠가 놓았다. 문을 아예 잠가 놓으면 비밀번호가 먹히지 않는다. 이른 아침 시간에 이게 무슨 경우인가 싶은 우리는 당황스러워 어쩔 줄 몰라 연신 벨만을 눌러댔다.

우리 집은 원래 자기 전에 항상 현관문을 완전히 잠가 놓고 자는 습관이 있다. 전날 엄마와 아빠는 우리가 태권도장에서 자고 다음 날 이른 아침에 도착할 것이라는 사실을 미처 생각하지 못한 채 늘 하던 대로 자기 전 현관문을 완전히 잠가 놓고 잔 것이었다. 다급한 마음으로 연신 벨을 눌러대고 있던 찰나, 집 안에서 누군가 다급하게 뛰어나오는 발소리가 들렸다. 엄마의 발소리였다. 엄마는 누군가 계속해서 눌러대는 벨 소리에 즉각적으로 "그것이 우리임"을 깨달았을 것이다. 그러고는 즉시 달려 나와 헐레벌떡 문을 열어주었다.

안타까운 일이 발생했다. 엄마가 당황스러운 마음을 안고 너무 급하게 달려 나온 터라 문을 열어주면서 현관문 모서리에 엄마의 넷째 발가락이 세게 부딪혔다. 엄마는 문을 열어 우리를 확인한 후 반가워할 겨를도 없이 바로 전의 충돌로 인해 심각한 통증을 호소했다. 문 앞에서 비극적인 상봉이 성사된 후 엄마와 우리는 우선 집으로 들어왔고 우리 가족은 조금 전 다친 엄마의 발가락 상태를 확인했다. 바로 전에 있었던 일이라 약간 멍이 들었을 뿐 외관상으로 그렇게 심각해 보이지는 않았다. 간단한 응급처치 후 우리는 경과를 지켜보기로 했다.

태권도장에서 돌아온 그날 우리는 잠시 외출할 일이 있었다. 나갔다 들어오니 엄마는 다친 발가락이 있는 다리에 초록색으로 된 두꺼운 깁스를 착용하고 부엌에 서 있었다. 나는 놀랐다. 집에 와서 들어보니 오후까지 상태를 좀 더 지켜보았지만, 멍은 점점 더 선명해졌고 단순한 타박상이 아닌 것 같다고 판단하여 엄마는 병원으로 직행했다고 한다. 병원에 가니 진단결과는 골절이었다. 그렇게 해서 엄마는 한동안 발에 깁스를 착용한 채 불편한 생활을 해야만 했다. 나는 엄마가 깁스를 착용하고 생활하는 모습을 곁에서 지켜보면서 마음속으로 미안한 감정을 느꼈다. 나의 미안한 감정이 닿아 조금이라도 엄마가 빨리 나을 수 있기를 바라면서.

우리 가족은 예전부터 낚시를 하러 자주 떠났었다. 가족 여행의 한 코스로 낚시가 포함된 적도 있고 순수하게 낚시 만을 즐기기 위해 먼 바닷가까지 차를 몰고 간 적도 있다. 아빠는 낚시를 무척 좋아한다. 집에 잘 보관되어 있던 낚시 장비들을 챙기며 우리 가족과 함께 낚시 여행을 떠날 준비를 하는 아빠의 모습은 아주 행복해 보인다. 나의 개인적인 취향으로 말할 것 같으면 나는 낚시를 그다지 좋아하지 않는다. 가족과 함께 낚시 여행을 떠날 때마다 나는 항상 아빠와 함께 낚시를 하며 시간을 보낸다는 것에 큰 의미를 두었다. 바닷가에 도착해 아빠와 함께 낚시를 하며 시간을 보내다 보면 그다지 좋아하지 않았던 낚시마저도 나에게는 재미있는 활동으로 다가온 적이 많았다.

우리의 낚시 여행은 아빠가 바닷가 근처 작은 상점에 들르는 것으로 시작된다. 아빠는 작은 상점에서 물고기들을 유혹할 미끼가 될 지렁이 한 통을 사 온다. 바닷가에 도착하면 나는 사 온 지렁이 통을 옆에 두고 손에 장갑을 착용한 후 지렁이를 한 마리씩 꺼내며 가지고 논다. 지렁이를 가지고 장난치며 놀았던 나는 시간 가는 줄을 몰랐다. 당시 나의 잔인함으로 인해 고통받았을 지렁이들에게 용서를 구한다. 지금 생각해보면 그 징그러운 것을 어떻게 만지고 놀았을까 신기하기만 하다. 나는 점점 자라나면서 지렁이가 징그럽게 보이기 시작했고 지금은 어쩌다 지렁이에 손이라도 닿았다 하면 기겁을 하는 상태에 이르게 되었다.

내가 지렁이를 가지고 장난을 치며 노는 사이 아빠는 낚시 도구를 완벽하게 조립해 놓는다. 싱싱한 지렁이를 일일이 낚싯대 바늘에 끼운 후 나는 아빠의 도움을 받아 어린 나에게는 버겁게만 느끼지는 커다란 낚싯대를 바다 저 멀리 힘차게 던진다. 나는 넓게 펼쳐진 고요한 바다의 경치와 낚싯대의 미세한 움직임을 번갈아 보며 낚싯대에 물고기의 신호가 오기만을 기다린다. 짧게는 5분 길게는 20분까지 기다리다 보면 낚싯대에 반가운 물고기의 신호가 나타나기 시작한다. 신호를 목격한 나는 흥분하여 아빠를 부른다.

낚싯대에 물고기의 신호가 나타나면 그다음에 무엇을 해야 할지 대충은 알지만 나는 굳이 멀리 있는 아빠를 불러 도움을 요청한다. 아빠는 나에게로 달려와 낚싯대를 들어 올리는 것을 함께 도와준다. 아빠는 나의 손을 꼭 잡고 낚싯줄을 천천히 감아올린다. 힘들게 감아올린 낚싯대에 딸려오는 물체는 미역인 경우도 있고 물고기인 경우도 있다. 지금까지의 경험에 비추어 본다면 미역이었던 경우가 압도적으로 많았던 것 같다. 약간의 실망감을 뒤로한 채 다시 새 지렁이를 끼우고 아빠의 도움을 받아 먼바다로 낚싯대를 더욱 힘차게 던진다.

또다시 한적한 바다에서의 평온한 시간이 지속되고 나는 그렇게 우리를 찾아올 새 물고기를 하염없이 기다린다. 같지만 새로운 일은 계속해서 반복되고 시간은 우릴 기다리지 않으니 고개를 들면 어느새 하늘에는 붉게 노을이 지고 있다. 긴 시간 동안 얼마 못 잡은 물고기지만 떠날 때는 우리가 잡은 모든 물고기를 다시 풀어준다. 우리의 좁은 통 속에 구속되어 있다가 바다로 던져진 후 물 만난 고기가 되는 물고기들의 모습을 보면 왠지 좋은 일을 한 것만 같은 기분이 든다. 우리가 잡고 우리가 풀어주는데 말이다.

우리 가족은 마침내 바다에 작별 인사를 하고 낚시 여행의 마지막 코스인 횟집으로 이동한다. 우리 가족이 낚시를 즐긴 날에는 항상 회를 먹었던 것 같다. 조금 전 잡은 물고기들을 모두 바다로 돌려보내고 스스로 흐뭇해하던 나는 아무 생각 없이 그저 회를 먹는다. 나는 어릴 때의 낚시 여행을 떠올리면 조용했던 바다와 맑았던 공기가 생각난다. 그곳은 마치 나에게 우리 가족만이 이 세상에 살아남은 유일한 인류가 된 것 같다는 느낌을 주곤 했다. 지금도 그곳에는 우리 가족이 남기고 간 몸짓과 말투가 살아 움직이고 있을 것 같다.

나는 초등학교 1학년, 그러니까 내가 새내기 중에서도 아주 새내기였던 그 시절 나의 학교생활에서 가장 치욕스러웠던 한날을 기억한다. 그날은 내가 초등학교에 입학한 후 첫 공개 수업이 있던 날이었다. 학교의 교장, 교감 선생님들이나 몇 분의 선생님들이 잠깐 들어오셔서 우리의 수업을 구경하시고 아이들에게 다가와 교과서를 몇 장 넘겨보고 가시는 그런 공개 수업이 아니라 모든 학부모가 40분 내내 우리 교실의 뒤편에 서서 우리의 수업을 관람하시는 규모가 큰 공개 수업이었다.

내가 초등학교에 입학한 후 맞은 첫 공개 수업이었던 만큼 그날은 당연히 엄마도 참석했다. 나는 유치원에 다닐 때부터 말이 없는 아주 내성적인 아이였다. 더군다나 많은 학부모님들이 우리의 수업을 40분 내내 관람하신다는 사실은 나에게 조금의 용기가 필요한 일이었다. 그런데 맙소사. 담임 선생님께서는 수업이 시작되기 전 잠시 나를 부르시더니 오늘 공개 수업 자리에서 너에게 발표를 시킬 것이니 마음의 준비를 하고 있으라고 말씀하셨다. 이제 나에게는 조금의 용기가 아니라 아주 커다란 용기가 필요한 상황이 되었다.

당시 나의 초등학교 1학년 담임 선생님은 나를 좀 더 씩씩한 아이로 성장시키기 위해 항상 노력하셨다. 그때 선생님께서는 이미 내가 '씩씩해질 기회'가 필요한 아이라는 것을 알고 계셨고 그 기회를 잡기에는 그날의 공개 수업 자리가 딱이었다고 생각하셨던 모양이다. 그러나 나는 그때 초등학교를 갓 입학한 1학년이었고 선생님의 깊은 뜻을 헤아릴 리가 없었다. 선생님이 원망스럽기만 했다. 태어나서 처음으로 엄마와 많은 사람들이 지켜보는 앞에서 무언가를 진지한 모습으로 당당히 발표를 해야 한다니 선생님이 원망스럽지 않을 수가 없는 노릇이었다.

선생님의 통보를 듣자마자 나는 바로 얼어붙었고 발표에 대한 압박감이 나의 몸과 머릿속을 지배했다. 수업은 시작되었지만, 수업의 내용이 나의 머릿속에 들어올 리가 없었다. 곧 있을 나의 발표만이 나를 계속해서 혼란스럽게 만들 뿐이었다. 약속한 시간은 내가 나의 마음을 다스릴 수 있도록 충분히 기다려 주지 않았다. 그러나 아무리 많은 시간이 주어진다고 하더라도 나는 나의 마음을 잘 다스릴 수 있을 것 같지 않았다. 나를 두렵게 만들었던 그 시간이 마침내 나의 앞으로 다가왔다. 이제 나는 앞으로 나가야 했다. 이제 망설일 시간조차도 나에게는 없었다. 많은 사람들이 지켜보는 가운데 나는 나의 발표를 진행해야 했다. 나는 그때 내가 발표한 내용이 무엇인지 그날 수업시간에 나는 어떠한 내용을 배웠는지 단 하나도 기억나지 않는다. 하지만 그때의 내가 처한 상황과 그러한 상황 아래 떨고 있었던 나의 모습은 분명히 기억할 수 있다.

나는 자리에서 일어나 앞으로 나갔다. 앞에 서서 두려움과 싸우고 있는 나의 모습을 본 선생님은 나에게 자신감을 불어넣어 주기 위해서 분위기를 엄청 띄우셨다. 나는 점점 더 부담이 되었고, 한없이 작아지는 기분이었다. 교실은 순식간에 조용해졌고 모든 관중의 시선은 나에게로 집중되었다. 나는 이때 용기를 내지 못했다. 아무 말도 하지 못했다. 나는 그 자리에서 눈물을 흘렸다. 담임 선생님께서는 다시 분위기를 띄우기 위해 한마디 던지셨다.

"오늘 준서가 발표를 하면 준서 어머니가 우리 반에게 피자를 쏘실 거예요."

엄마의 얼굴을 바라봤다. 엄마의 입가에는 잔잔한 미소가 어려 있었다. 그러나 나는 이번에도 용기를 내지 못했다. 뒤에 서 계신 모든 학부모님들은 엄마와 같이 살며시 미소를 띤 채 우는 나를 바라보셨다. 왠지 화기애애한 그런 분위기 속에서 나는 끝끝내 시간만 끌다 자리로 돌아갔다. 다행히 아이들은 아무렇지도 않은 것 같아 한시름 놓을 수 있었다. 자리로 돌아오니 한층 마음이 편안해졌다. 그러나 나를 바라보는 모든 시선은 여전히 의식되었다. 나는 그때를 생각하면 아직도 앞에 나가 우는 나를 바라보았던 엄마의 얼굴이 떠오른다. 왠지 웃음을 참는 듯하며 안타까움이 함께 서려 있던 그 표정이 그날 내가 가장 정상적으로 기억할 수 있었던 것 중 하나였다.

나는 고등학교를 입학하고 기숙사에서 생활하게 되는 처지에 놓이면서 매주 전례 없이 바쁜 주말을 보내는 중이다. 주말에는 해야 할 것이 많다. 각종 학교 과제, 수행 평가 준비, 학원 숙제 등으로 주말은 항상 내가 휴식을 넉넉히 취하기엔 턱없이 부족하다. 해야 할 일이 많아지면서 가족과 대화할 수 있는 시간은 자연스레 줄어들었지만, 그 바쁜 주말 속에서도 나는 할 일을 미뤄가며 가족과의 대화에 시간을 할애한다.

나는 어릴 때부터 엄마와 많은 대화를 나누었다. 엄마와 대화를 나누는 것은 나에게 지극히 익숙한 일상이다. 서로 떨어져 있었던 기간 동안 있었던 일들에 관해 많은 이야기를 나눈다. 학교에서 참았던, 속으로만 생각했던 이야기보따리를 풀며 나는 그것이 나의 숨구멍이라고 느낀다. 나는 아빠와 꿈과 장래희망에 관한 이야기를 나누기도 한다. 나는 나의 진로에 대해 많은 생각을 하며 항상 여러 길 사이에서 고민한다. 그럴 때면 아빠는 나의 진로에 대해 구체적인 조언을 해주거나 필요한 상황에는 새로운 길을 제안해보기도 한다. 든든한 버팀목이 되어주는 것이다.

우리 집에는 나와 나이가 같은 쌍둥이 동생이 한 명 있다고 했는데 나는 1분 먼저 세상의 빛을 구경했다. 1분 먼저 세상의 빛을 구경했기에 나는 자연스럽게 형이라는 이름을 가지게 되었다. 나는 남들이 우리를 굳이 형과 동생으로 구분하는 것을 딱히 좋아하지 않는다. 1분 먼저 태어났다는 이유로 동생에게 깍듯한 형의 대접을 받기는 싫다. 친구처럼 관계를 유지하는 것이 내가 추구하는 바이다. 우리 둘은 어릴 때부터 서로를 형과 동생이라는 호칭으로 불러본 적이 없다.

항상 격식을 무시한 채 싸우고 장난쳤으며, 그렇게 자라났다.

우리 둘은 10년이 넘는 세월 동안 그러한 관계 속에서 자라났지만 단 한 번도 그것에 부당함을 느낀 적이 없었다. 나는 특정한 일을 수행할 때도 형이니까 '네가 먼저 해' 식의 논리를 싫어했다. 나는 이 글을 쓰면서 '나와 친구 같은 관계를 유지하면서 자라난 그 아이'를 처음으로 동생이라고 지칭했다. 지금껏 동생이라고 불러본 적이 없음에도 불구하고 동생이라고 지칭하는 것이 그리 어색하지만은 않은 것 같아 다행이다.

동생은 현재 나와 같은 고등학교에 재학하고 있다. 우리는 학교에서도 누군가가 먼저 알아차리기 전까지 우리가 쌍둥이라는 사실을 굳이 말하지 않는다. 우리는 비슷하게도 내성적인 성격을 가졌기 때문이다. 우리 둘은 기숙사에서 생활하고 있다. 바쁜 주말의 끝자락, 기숙사에 입사할 시간이 다가오면 우리는 불만스러운 표정으로 교복을 입고 짐을 싸고 입사할 준비를 한다. 우리가 입사하는 시간대의 도로는 차가 막히지 않는다. 그래도 우리가 기숙사까지 도착하는 데는 대략 40분 정도의 시간이면 충분하다. 항상 짧게만 느껴지는 40분 동안 나는 학교에서의 새로운 5일을 생각하며 기대감과 두려움이 뒤섞인 혼란스러운 감정을 느낀다.

기숙사에 도착하는 순간 우리에게는 각자 새로운 5일이 주어진다. 등교, 수업, 밥, 야자, 잠이 정확히 반복되는 짧으면 짧고 길면 긴 학교에서의 5일이 흘러간다. 그리고 바쁜 주말이 다시 찾아온다. 주말 동안에 또 똑같은 일상이 되풀이된다. 바쁜 고등학생으로서의 짧은 삶을 경험해본 나는 한 가지 사실을 깨달았다. 반복되는 일상 속에서도 내가 다시 힘을 얻고 현실을 바라볼 수 있도록 하는 원동력, 나의 삶에 항상 스며들어 있던 그것은 바로 가족의 존재였다.

나는 지금까지 우리 가족과 함께한 나의 어린 시절을 되돌아보며 가장 기억에 남거나 가장 추억하고 싶은 것들을 선택해 적어보았다. 어린 시절에 가족과 함께했던 행복한 기억들을 더듬어 가며 그것이 머릿속에 그려지는 경험을 통해 나는 그 시절로 건너가서 시간 여행을 즐길 수 있었다. 사실에 기초하여 나의 진솔한 감정과 마음을 담아내려 노력하면서 나 자신도 그동안 알지 못했던 가족에 대한 나의 솔직한 내면을 접해볼 수 있었다. 내가 글을 쓰면서 가장 크게 느낀 것은 '가족의 소중함'이었다. 지금까지 내가 걸어온 길의 저편에는 항상 가족이 있었고 그 존재 덕분에 나는 꽤 행복한 아이였던 것 같다. 나의 마음속에 영원히 남아 있을 가족, 나를 행복한 아이로 만들어준 가족, 고마운 나의 가족.

미리 준비해두면 근심할 것이 없다.

미리 준비해두면 근심할 것이 없다.

김 민 석

"에이, 이틀 전에 연습했는데 오늘 굳이 또 준비할 필요 있어요?"

초등학교 4학년 때, 국어 발표가 내일인데 연습 안 하느냐고 묻는 어머니께 내가 대답한 말이다. 나는 그때 국어 발표 연습을 며칠 전에 이미 했는데 굳이 또 확인할 필요가 있을까 생각하며 게임만 하며 놀기만 했다. 그런데 다음날, 발표하기 위해 ppt를 띄우려고 USB를 컴퓨터에 연결한 순간 뭔가 싸늘한 느낌이 들었다. ppt 파일이 없는 것이었다.

"어, 왜 이러지? 이럴 리가 없는데……."

1달 전부터 준비한 거였는데 폴더를 다 눌러보고 혹시 저기 있나 살펴보아도 내가 찾는 파일은 보이지 않았다. 등에 식은땀이 줄줄 흘렀다. 결국, 나는 ppt 없이 발표하게 되었다. 그러나 이미 내 정신은 공황 상태였고 머릿속은 하얗게 비어있었다. 뭐부터 말해야 할지 기억도 안 났다.

"어……. 제가 발표할 내용은……."

기억을 최대한 되살리려고 애썼으나 머릿속은 텅 비어있었고 식은 땀만 흘렀다. 결국, 더듬거리며 발표를 하긴 했지만 엉망이었다. 오랫동안 준비했던 자료를 제대로 보여주지 못해 너무 아쉬워 끝나자마자 나는 닭똥과 같은 후회의 눈물을 흘렸다. 너무 짜증이 났고 확인하지 않고 게임만 했던 어제의 나 자신이 너무 원망스럽기만 했다.

'어제 발표 연습만 했더라면 적어도 오늘 이렇게 어이없는 실수는 하지 않았을 텐데…….'

'파일이 USB에 있는지 확인만 제대로 했더라면 오늘 발표를 멋지게 했을 텐데…….'

온갖 후회와 원망이 내 머릿속을 맴돌았다. 그날 저녁 아버지께서 나에게 이 이야기를 해 주셨다.

"예전에 어떤 대학생이 미국으로 유학하러 가게 되었대. 그래서 저 멀리 사는 사촌, 조카들까지 다 공항에 모여서 배웅하러 왔는데 그 대학생은 출발하려고 보니 어? 여권이 없네?"

"그래서 어떻게 됐어요? 유학은 갔어요?"

"결국, 비행기를 놓쳤지. 겨우 다음 날 다른 비행기로 갔긴 했지만 이러면 돈도 날리고 이후 일정도 안 맞고 그때 배웅하러 나온 가족들에게는 얼마나 미안했겠니? 아빠처럼 모든 일에 미리 준비를 철저히 하고 또 확인도 해 두면 이런 황당한 실수는 하지 않는단다. 민석이도 이제 알겠지? 다음부터는 실수하지 않게 미리미리 확인도 하고 연습도 해."

이 말을 들은 나는 얼굴이 붉어졌다.

'미리 준비해두면 근심할 것이 없다.'

즉 유비무환은 우리 집 가훈이다. 항상 아버지께서는 준비가 중요하다고 말씀하셨다. 어릴 때부터 이 가훈을 귀에 박히도록 들었지만 나는 준비의 중요성을 잘 몰랐었고 제대로 준비하지 않아서 오늘의 실수도 있었던 것이었다. 그래서 다시는 이런 실수를 하지 말아야 한다고 결심을 하였다.

그리고 지난 2013년, 싱가포르로 가족 여행을 다녀온 이후부터 준비의 중요성을 새삼 다시 깨닫게 되었다. 우리 가족은 매년 겨울마다 식구들끼리 여행을 간다. 서울, 강원도, 부산 등 국내뿐만 아니라 사이판, 괌 등 해외로도 갔었다. 그러나 이번 여행에서는 외할머니, 외할아버지를 모시고 가는 여행이었다. 더군다나 이번 여행은 일정이 다 짜져 있어서 그냥 편하게 가이드만 따라 다니는 패키지여행이 아니라 우리가 일일이 여행 계획을 세워야 하는 자유여행이었다. 물론 자유여행을 하면 준비할 것도 많고 귀찮지만, 아버지께서는 자유여행을 가야 우리가 좋아하는 것, 가고 싶은 곳만 골라서 갈 수 있어 우리뿐만 아니라 외할머니, 외할아버지께도 좋을 것이라고 말씀하셨다. 그래서 아버지는 무려 6개월 전부터 싱가포르 여행 책자, 지도를 보며 어디에 갈지 무엇을 먹을지 꼼꼼히 계획을 세우셨다.

그때 나는 아버지께 너무 일찍부터 준비하는 것이 아니냐고 여쭈어 보았다. 이에 아버지께서는 여행 직전에 성급하게 준비하면 빠뜨리는 것도 많고 여행지에 도착해서도 우왕좌왕 헤매게 되어 시간 낭비가 많으니 지금부터 차근차근 준비해야 안전하고 편안한 여행이 된다고 대답하셨다. 이 말씀을 듣고 나도 아버지를 도와서 함께 가족 여행을 준비하고 싶었다. 그래서 아버지와 나는 주말 저녁마다 여행 계획을 세웠다.

특히 싱가포르에 가서 외할머니, 외할아버지께서 좋아하실만한 장소로는 어디가 좋을지, 음식은 뭘 먹으면 좋을지 인터넷으로도 검색해보고 여행 책자를 찾으며 알아보았다. 열렬한 블로그 맛집 후기 검색을 통해 우리는 다양한 맛집들을 찾았다. 그중 우리는 'No Signboard'라는 칠리크랩 맛집을 찾았는데 이곳은 관광객들이 아닌

현지인들이 주로 가는 숨겨진 맛집이었다. 지난번 여행에서 칠리크랩을 너무 맛있게 먹어봐서 이번 여행의 칠리크랩은 더 기대되었다. 그리고 할머니, 할아버지를 위해 숯불갈비, 한정식 등 한식당까지 알아보았다. 또한, 우리는 맛집뿐만 아니라 싱가포르의 명소를 알아보고 며칟날 몇 시부터 몇 시까지 관광할지 이런 세세한 일정까지 결정해두었다. 특히 싱가포르 센토사에 있는 놀이공원인 유니버설 스튜디오 관광에서는 일정을 짜는 데 노력을 더 많이 기울였다.

유니버설 스튜디오가 너무 넓고 사람이 많아 최대한 효율적으로 즐길 방법을 찾기 위해 노력했다. 언제 무엇을 타고 이동하면 더 좋을지, 동선을 고려해 놀이기구를 어떤 순서대로 타면 좋을지, 점심은 어디서 뭘 먹으면 좋을지, 만약 비가 온다면 대안으로 무엇을 할지 온갖 경우를 다 고려해서 꼼꼼하게 일정을 짰다.

나는 이것만 해도 힘들었는데 너무나 놀라웠던 것은 아버지께서는 싱가포르 식당에 직접 전화를 걸어 서툰 영어로 일일이 예약까지 하셨다. 아버지께서는 식당에 전화해서 몇 시부터 하는지, 브레이크 타임은 있는지, 예약은 가능한지까지도 자세하게 물어보셨다. 아버지께서 영어로 통화해야 하는데 아버지께서는 고등학생 때 성문종합영어라는 책으로 영어를 공부한 것 말고는 20년 넘게 영어를 배우지 않으셨고 사용할 기회도 적어서 영어로 전화하는 것을 힘들어하셨다. 그래서 내가 10년간 학교, 학원에서 배운 영어 실력을 발휘하여 대본을 써드려 예약 전화가 성공하니 나도 가족 구성원으로 큰 역할을 한 것 같고 아버지께 큰 도움을 드린 것 같아 뿌듯했다.

마침내, 여행 전날, 아버지와 나는 최종적으로 짐을 싸고 점검하였다. 그리고 나는 졸려서 먼저 잤는데 아버지께서는 새벽까지 안 주무시고 여권은 챙겼는지 수영복, 카메라뿐만 아니라 선글라스, 상비약 등 세세한 것도 리스트를 만들어 체크를 하면서 재점검을 하시다가 결국 밤을 새우셨다고 한다. 여행에 대한 아버지의 열정이 느껴지는 것 같았다. 또한, 많은 가족이 가는 여행인 만큼 안전하고 즐거운 여행이 되도록 열심히 신경 쓰시는 모습에 가족에 대한 아버지의 깊은 사랑이 느껴져 감동하였다.

여행 출발하는 날 아침, 여느 때 같으면 '십 분만 더 잘래.'라며 침대 밖으로 나오지 않던 나는 알람이 울리자마자 눈을 번쩍 뜨고 세수하러 갔다. 이번 여행은 외할아버지, 외할머니랑 함께 가는 여행이라 더 설레고 재미있을 것 같아 기대가 많이 되었다. 세수하고 거실에 가보니 아버지께서는 이제 짐 점검을 마치시고 비행기 출발 여부를 확인하고 계셨다.

아버지의 오랜 습관 중 하나인 비행기 중복 예약은 혹시나 발생할 수 있는 기상 악화 등의 이유로 우리가 타려던 비행기를 못 타거나 비행기가 결항 또는 지연되었을 때를 대비해서 Plan B를 계획하고 다른 비행기를 예약해 놓는 것이다. 이때 아버지는 2개 정도 비행기를 예약해 놓고 비행기 탑승이 가능한지 공항 홈페이지에도 들어가 보고 전화도 해보고 몇 번의 확인 과정을 거친 후 탑승이 확실시되면 다른 비행기 표는 취소를 한다. 물론 다른 사람들이 보기에는 번거롭고 귀찮은 일로 보일지 모르지만 사실 아버지께서는 비행기 예약에 대한 트라우마가 있으셨다.

지금으로부터 약 10년 전, 우리 식구와 친가 쪽 식구 전부 다 같이 제주도로 가족 여행을 갔었다. 여행 마지막 날 비바람이 너무 세게 불어 우리는 집에 돌아가지 못할까 걱정이 되어 공항으로 일찍 출발했다. 그런데 공항은 아수라장이었다. 기상 악화로 비행기 출발은 취소되었고 많은 사람이 공항에서 우왕좌왕하고 있었다. 당연히 아버지가 예약하신 비행기도 취소되었고 그 뒤로도 계속 취소되었다. 우리 가족 모두는 제주 공항에 돗자리를 깔고 앉아 계속 전광판만 쳐다보며 하염없이 기다리기만 했다. 할아버지, 할머니께서는 너무 힘들어하셨고 아버지는 초조해하셨다. 결국, 우리는 늦은 밤이 되어서야 김포행 비행기를 타고 서울로 가서 다시 KTX를 타고 대구로 돌아왔다.

이 일 이후로는 아버지께서는 혹시 모를 경우를 대비하여 항상 Plan B를 준비하신다. 일이 항상 계획대로 되라는 법은 없다. 만약을 대비한 Plan B가 있었기에 이 일 이후의 가족들과의 여행이 순조롭게 잘 진행된 것 같다. Plan B가 있어야 일이 잘못되어도 당황하지 않고 해결해 나갈 수 있는 것 같다. 앞으로 나도 이러한 좋은 습관을 본받아야겠다는 생각이 들었다. 최악의 상황을 대비한 대책을 가지고 준비물, 과제나 생활에 임한다면 어떠한 어려운 문제 상황 속에서도 잘 해결해 나갈 수 있을 것이다.

아침을 먹으면서 아버지께서 내게 말씀하셨다.

"민석아, 이번 여행에서는 외할머니, 외할아버지도 같이 가시기 때문에 아빠가 너희들 모두를 챙겨줄 수 없어. 그러니까 민석이가 아빠를 많이 도와줘야 해. 알겠지?"

이 말을 듣고 나는 뭔가 책임감 같은 게 생겼다. 나는 솔직히 그동안 '어린아이'처럼 칭얼대기만 하고 여행 과정에서는 아버지를 도와주기보다는 여행을 그냥 즐기는 편이었다. 그러나 이번 여행에서는 '어린아이'가 아닌 우리 집의 '장남'으로서 아버지를 도와 무사히 여행을 다녀와야 했다.

김해 공항으로 이동하기 위해 우리 가족은 생전 처음 보는 리무진 택시를 탔는데 이 택시는 내부가 푹신한 좌석으로 되어 있고 크기도 커서 엄청 안락했다. 거의 미니 밴 같았다. 나는 이런 게 있는지도 몰랐는데 외할머니, 외할아버지께서 편하게 이동하시다고. 이런 택시를 예약한 아버지의 세심함에 다시 한번 감탄했다.

6시간의 비행을 끝으로 싱가포르 창이 공항에 도착했다. 역시 싱가포르 공항은 쾌적하고 깨끗했다. 우리의 도착 시간이 늦었고 빨리 호텔에 안 가면 좋은 방을 체크인할 수 없기에 우리는 역할 분담을 했다. 아버지께서는 택시를 알아보러 가시고 나는 '짐 찾는 곳'에서 여행용 가방을 찾았다. 나는 우리 여행용 가방을 알아보기 쉽게 미리 집에서 눈에 잘 띄는 형광 끈으로 묶고 이름표도 크게 달아두었다. 그래서 빨리 짐을 찾을 수 있었다. 옆에서 묵묵히 지켜보시던 할아버지께서는 우리 민석이가 외국에서도 혼자 일을 척척 잘 해내니 든든하구나 하시면서 머리를 쓰다듬어 주셨다. 모든 일이 순조롭게 잘 진행되는 것이 미리 모든 것을 준비해둔 덕분이었다

택시를 타고 우리 가족이 머물 호텔인 마리나베이 샌즈 호텔에 도착했다. 싱가포르에서 가장 규모가 크고 유명한 호텔이라는 이름에 걸맞게 크기도 어마어마하게 컸고 사람도 북적북적 많았다. 물론 이번이 2번째 방문이었지만 호텔이 너무 크고 복잡해서 새로웠다.

짐을 풀고 마리나베이 샌즈 호텔의 투숙객만 누릴 수 있는 특권 중 하나인 옥상 수영장에 가기로 했다. 이 호텔의 수영장은 무려 57층에 있는 엄청나게 큰 배 안에 있어 싱가포르 전경이 한눈에 다 보이고 밖을 보면 마치 떨어질 것만 같을 정도로 아찔한 높이였다. 이 수영장을 갈 때도 아버지는 가방에 수영복, 선글라스, 간식 다 챙겼는지 확인하고 가셨다. 이렇게 아버지는 항상 어디에 가나 제일 마지막에 나오신다. 오늘도 조식 먹으러 제일 늦게 오셔서 식구들은 레스토랑 앞에서 한참을 기다렸다. 그래서 우리 식구들은 항상 늦게 나타나는 아버지를 기다리느라 불만이 많았다.

그런데 우리 식구 모두 수영장에서 즐겁게 놀고 있는데 어머니께서 갑자기 소리를 지르셨다. 어머니께서 선베드에 누우려고 하다가 부서진 선베드 틈에 발목을 다치셨다. 피가 줄줄 흘렀다. 낯선 외국에서 더욱이 57층 수영장에서 이런 사고가 갑자기 생기니 우리는 너무 당황해서 어쩔 줄 몰라 했다. 당장 밴드나 연고도 없는 와중에 어떡하지 싶었는데 아버지께서 갑자기 가방에서 떡하니 치료용품들을 꺼내셔서 어머니를 치료해주셨다. 그래서 우리는 마음 놓고 다시 즐겁

게 물놀이를 할 수 있었다. 이 모습을 보고 항상 아버지께 늦게 나오신다고 불평만 한 나 자신이 괜히 부끄러워졌다.

아버지의 철저한 준비성이 이런 위급한 상황에서 더욱 빛을 발하는 것 같았다. 이외에도 우리는 아버지 덕분에 수영하다가 갑자기 목이 마르면 음료수를 마실 수 있고, 눈이 부시면 선글라스를 쓸 수 있고 이렇게 우리가 간과했던 것까지 아버지께서는 미리 챙기고 가지고 와서 우리 가족들은 너무 편하고 좋았다. 그래서 이러한 아버지의 준비성을 보고 이제는 많은 것을 깨달았다. 받기만 하고 즐기기만 하지 말고 아버지의 좋은 습관을 본받아서 나도 미리 챙기고 준비를 철저히 해서 나뿐만 아니라 다른 사람에게도 도움이 될 수 있는 사람이 되어야겠다고 결심했다.

이처럼 아버지의 많은 준비와 노력 덕분에 우리 가족 모두 즐겁고 안전한 여행을 할 수 있었다. 특히 연세가 많으신 외할머니, 외할아버지께서는 불편함 없이 즐거운 여행이었다고 너무 기뻐하셨고 고마워하셔서 뿌듯했고 아버지가 너무나 자랑스러웠다. 이번 여행은 아버지와 함께 가족 여행을 준비하고 도와드리면서 많은 것을 배우기도 했지만, 아버지의 가족에 대한 사랑과 배려를 많이 느끼게 되어 나에게는 기억에 많이 남는 여행이었다.

그동안 나는 미리 많이 준비해봤자 걱정했던 일이 일어나지 않으면 시간 낭비라고 생각했고 '그냥 실전 가서 잘하면 되지.'라는 안일한 생각으로 살아왔었다. 그래서 아버지를 보고 '굳이 저렇게까지 시간 아깝게 준비할 필요가 있을까?'라고 생각했었다. 그러나 이번 여행을 계기로 준비에 대한 내 생각이 완전히 바뀌었다.

'세상일은 한 치 앞도 모른다.'라는 말처럼 이 세상일은 어떤 일이 일어날지 아무도 모른다. 길을 가다가 갑자기 비가 내릴 수도 있고 나도 모르게 감기에 걸릴 수 있다. '아이 귀찮아 나중에 할래, 다른 사람이 했겠지.'라는 안일한 생각이 대참사를 일으켜 정작 필요할 때

해야 할 일을 하지 못하는 그런 일이 발생할 수 있다. 나에게 중요한 일, 특히 그 순간에만 해야 할 일을 할 때는 이런 준비나 확인하는 습관은 꼭 필요한 것 같다.

현재의 나는 과거의 나처럼 내가 할 일을 미루거나 준비도 하지 않는 실전 파이터가 아니다. 이제는 아버지 정도는 아니지만, 아버지를 거의 따라갈 정도로 준비를 철저히 하기 위해 큰 노력을 하는 준비된 사람이라 자부한다. 학교에서 수행 발표를 할 때도 5~6번 정도 연습을 해서 잘못된 부분을 계속 수정하고 고치며 완벽함에 완벽을 가한다. 지금은 어릴 때처럼 ppt를 안 들고 와서 울거나 당황해하지도 않고 내가 준비한 것을 100% 멋지게 보여주는 사람이 되었다. 그리고 친구들이 준비물이나 잊어버린 부분도 내가 미리 상기시켜주고 챙겨주고 있어 주위 사람들도 고마워하고 도움을 주는 꼭 필요한 사람이 되었다.

철저한 준비와 꼼꼼한 확인! 이 두 가지만 명심하면 실전에서 어떤 일이 일어나더라도 당황하지 않고 어려움을 잘 극복할 수 있다. 앞으로 이 두 가지를 마음속 깊이 새기며 살아가야겠다. 나에게 이런 큰 가르침을 주시고 일깨워 주신 아버지께 너무 감사드린다.

아버지 감사합니다! 사랑합니다!

내가 행복한 이유

내가 행복한 이유

최 동 훈

토요일 아침. 난 개운하게 일어나 샤워를 하고 교복으로 옷을 갈아입은 후 가방과 캐리어를 들고 나간다.

짐을 들고 기숙사 문밖으로 나가니 벌써 친구들의 부모님들께서 비싸 보이는 차를 이끌고 아이들을 마중하러 오셨다. 나는 그 모습을 보고 있으면 뭔가 마음속 한편이 따뜻해짐을 느끼게 된다. 그 마음은 잠시 후 만나게 될 내 아버지와 우리 가족에 대해서 여러 가지 생각을 하게 만든다.

급식소에서 밥을 먹고 나오니 아버지께서 차를 몰고 나를 데리러 오셨다. 아버지께서는 내 얼굴을 보자마자 시원스럽게 웃어주셨다. 나는 그런 아버지의 얼굴을 보면 나는 인사를 드리기보다 먼저 웃음꽃을 보여드린다.

"압찌 오셨네요?"

"어. 짐은 실어 놨으니까 앞에 타그라."

"예엡."

아버지께서 미리 차에 캐리어를 넣어주셨기에 나는 가벼운 마음으로 아버지보다 빨리 차 문을 열고 조수석에 앉아 아버지를 기다린다. 내게 있어서 이 시간은 집에 돌아간다는 생각에 몸과 마음이 편안해지며 그와 동시에 나를 데리러 나와 주신 아버지와 우리 집에 있는 가족에 대해서 한 번 더 곱씹어 보는 시간이다. 아버지께선 나머지 짐을 뒷좌석에 넣으신 후 차문을 열고 자리에 앉아 벨트를 매시면서 말씀하셨다.

"그래서 학교생활은 어떠트노?"

"그냥 뭐 그저 그래요. 애들이랑 친하게 지내고 공부는 잘하고 싶은데 맘대로는 안 되네요."

"됐다. 너무 부담 갖지 말고 되는대로 해뿌라. 마!"

아버지께선 주로 내게 시험점수나 공부에 대해 옭아 매여 있지 말라고 말하신다. 나는 아버지께서 내가 부담을 느낄까 봐 배려해 말해주시는 그 작은 마음에 대해 항상 감사하게 생각하고 있다.

아버지와의 한두 마디 주고받던 대화가 종료되자 잠시 동안의 침묵이 흘렀다. 하지만 이러한 침묵도 마냥 싫지만은 않다. 아니 오히려 요즘 들어 내 곁에 있어주는 우리 가족이, 어떠한 상황이든 무슨 일이 있든 숨김없이 내 속마음을 말할 수 있는 가족이 있다는 것이 너무나 좋고 행복하다. 이번에 나는 내게 가족에 대하여 행복한 감정이 생기게 된 계기를 이야기하려 한다. 뭐 조금 어두울 수도 있겠지만 말이다. 차를 타고 집에 가기 때문에 이야기에 고난이 많을 수 있으니 차 손잡이를 잘 잡고 듣기 바란다.

이야기를 시작하기에 앞서 우리 가족에 대해서 간단하게 소개하자면 우리 가족은 아버지, 어머니, 나, 누나로. 4인 가족이다. 평범한 가정들이 늘 그렇듯 우리 집도 아버지는 엄하시고 보수적이셨으며 어머니는 따뜻하고 상냥하신 그러면서도 강인하신 분이셨다.

어릴 적 나는 부모님 두 분을 다 좋아하고 많이 따랐지만, 그중에서 아버지를 더 많이 따랐다. 그 이유에 대해서 생각해보자면 언제나 내 앞에서 나를 감싸주는 그 넓은 등이 믿음직해서였을까? 아니면 가족이란 짐을 지고 있어도 언제나 강하게 버티고 계셨기 때문일까? (현재는 후자라고 생각한다.) 어릴 적 나는 아버지를 존경하는 이유에 대해서 굳이 생각해 본 적이 없는 것 같다. 그저 아버지니까 존경했던 것 같다.

초등학생 시절의 난 내가 좋아하는 아버지가 돌아오시면 누구보다 빠르게 현관 앞으로 와다닥 달려가 손을 배꼽 위에 올려 아버지께 폴더 폰처럼 허리를 접어 인사를 드렸다. 아버지는 그런 나를 보며 웃으시면서 들어오셨다.

"다녀오셨습니까아!"

"고럼, 오냐 다녀왔다."

인사를 받은 아버지는 언제나 큰 방(아버지 어머니의 방)에 들어가셔서는 옷을 갈아입고 컴퓨터를 켜 일의 진척상황을 확인하셨다. 아버지는 일이 낙찰되었는가 되지 않았는가에 대해서 항상 확인하고 또 확인하셨다. 그렇게 일에 집중하고 계신 아버지께 인사를 드린 나는 쫄래쫄래 어머니께 가서 아버지가 오셨다고 전해드렸다. 어머니는 내게서 아버지가 돌아오셨다는 얘기를 전해 들으시면 하던 일을 멈추시고는 큰 방에 가서 아버지께 다녀왔어요? 라며 말을 건넨다. 아버지께서도 그런 어머니의 말을 듣고선 으응 다녀왔어요. 하시며 얼굴 한 번 보여주시고 다시 컴퓨터로 고개를 돌리신다.

어머니의 인사 소리를 들은 누나도 조금 늦은 감이 있지만 그래도 나와서 인사를 드리고 다시 방에 들어간다. (이때 당시 누나는 고등학교 1학년이었던 걸로 기억한다. 가장 혼란스러울 시기인데 더군다나 누나에게는 사춘기가 늦게 와서 누나는 가족에 대해 조금 무신경

하고 신경질적인 느낌이 있었다.) 나는 아버지께 인사를 드리곤 하루 일과가 끝났다는 듯 이불 위에서 책을 읽거나 누워서 천장을 보며 놀았다. 항상 이 시간 때에는 가족 모두 자기 할 일에 바빠 나와 놀아주는 사람이 없었다. 어린 나는 '아버지와 어머니는 바쁘시고 누나는 공부하고 있으니까 어쩔 수 없지.'라는 생각에 혼자 노는 경우가 많았다. 그리고 내게 이런 생각이 들도록 가장 크게 영향을 미친 건, 별로 좋지 않은 집안 사정이었다.

당시 철이 일찍 들었다는 얘기를 많이 들어서 그런 것일까 나는 항상 우리 집 가정 형편에 대해 걱정하는 날이 많았다. 그래서 나는 될 수 있으면 가족들의 짐이 되지 않으려 참으며 생활하려고 했다. 중학생이 되기 전까지 나는 혼자서 내 문제를 감당해야 하고 내가 외로운 건 어쩔 수 없다는 생각을 당연하게 받아들였지만, 중학생이 되고 피가 마르지도 않은 내 머리와 몸이 자라날수록 집에서 혼자 있어야 하는 시간 늘어났고 나에게는 심심하고 쓸쓸하며 외롭다는 감정이 콩나물처럼 하루가 다르게 불어나 자라나기 시작했다.

시간이 흘러 내가 중학교에 적응을 하고서도 내가 느꼈던 외롭고 쓸쓸한 감정은 가족에 대해 불안정하고 부정적인 감정을 만들고 있었다. 더군다나 내가 중학교 1학년이었을 때 누나는 고등학교 생활 중 모든 생활이 자기 주위로 돌아가는 고등학교 3학년이었고 사춘기와 온갖 스트레스를 가지고 있었기 때문에 집안에서 언성을 높이는 일이 잦았다. 그래서 우리 가족들은 누나에게 맞추며 생활해야 했다. 가족들 모두 누나에게 자주 신경을 쓰며 지냈지만, 우리 가족들 중에서도 가장 신경을 쓰고 힘들었던 건 우리 어머니였다.

누나의 스트레스를 모두 받아주시고 이제 막 중학생이 된 나의 어리광을 계속해서 들어주신 탓일까. 어머니께서는 급격하게 건강이 나빠지셨다. 허리와 목에 디스크가 생기고 작은 종양도 장기 내에서 발견되셨다고 한다. 하지만 우리 어머니는 자신의 몸 상태에 대해서 나와 누나에게는 아무 말도 하지 않았다. 내가 어머니께 심각한 건강 문제가 있다는 사실을 알게 된 건 내가 학급통신문을 어머니께 전하러 갔을 때였다. 문을 열려고 문고리를 손으로 잡으려는 순간 방 안에서 아버지와 어머니의 대화 소리가 흘러나오고 있었고 나는 그걸 우연히 듣게 되었다.

어머니는 아버지께 자신의 건강에 대해 결과가 어떠하며 다음부터는 치료를 이렇게 한다는 이야기를 주고받고 계셨다. 문 한 짝 사이로 어머니의 건강상태를 알게 된 잠시 넋 놓고 있던 나는 학급통신문은 바닥에 내려다 둔 채로 내 방에 들어가서 무릎을 감싸고 있었다. 그동안 내가 어머니께 했던 험한 말과 행동이 어머니의 마음에 상처를 입혔고 그 상처가 도진 것이 틀림없다는 생각이 들었고 그 생각이 들자 나도 모르게 눈가에 눈물이 맺혀 흐르고 있었다. 혹여 우는 소리가 밖으로 새어 나가 어머니나 아버지께 들린다면 두 분은 자신들이 자식에게 걱정 끼치게 한 것이 아닐까하는 생각에 나를 걱정하실 것이 뻔했다.

예전에 텔레비전에서 근심과 걱정이 만병의 근원이라는 얘기가 내 머릿속을 스쳐 지나갔다. 만약 이 우는 소리가 밖까지 들린다면 부모님께 또 근심과 걱정을 안겨주는 꼴이 될 터였다. 그래서 난 두 손으로 내 입을 막은 채 소리 없이 울었다. 두 분께 걱정을 끼치고 싶지 않다고 생각하면서 말이다. 이때 나는 처음으로 남에게 민폐를 끼치지 않는, 아니 정확하게 말하자면 나의 어머니에게 걱정을 끼치지 않는 부끄럼 없는 어른이 되고 싶다고 느꼈다. 하지만 누나는 어머니의 건강상태에 대해 아는지 모르는지 집 안에서 어머니와 아예 싸우기도 하고 우리 집 가장 큰 기둥인 아버지께 대드는 경우도 생기기 시작했다. 그럴 때마다 어머니는 마음속에서 화를 삭이시며 항상 누나를 더 보듬어 주셨다. 하지만 어머니와는 다르게 보수적이셨던 아버지는 누나를 엄하게 훈계하셨고 그럴 때마다 우리 집 분위기는 마치

당장이라도 터질 것 같은 화산처럼 위태로워졌다.

그렇게 우리 가족은 하루하루 위태로운 날들을 보내고 있었다. 그러던 어느 날 나는 학교에 가는 길에 도서관에서 빌린 책을 반납하기 위해 가방을 열어 책이 있는지를 확인했을 때 내가 책을 집에 놔두고 왔다는 사실을 기억해 집으로 발걸음을 돌렸다. 하지만 내가 집으로 돌아왔을 때 내가 처음으로 본 것은 내가 두고 온 책이 아니라 어머니의 울고 계신 모습이었다. 대문 위로 보이는 큰 방에서 주저앉아 울고 계시는 어머니의 모습. 집 안에서 가장 온화하시고 항상 나를 지지해주시던 어머니의 약한 모습을 보게 되자 나는 내 마음 한편이 무너지는 것 같았다. 아니, 무너져 내렸다. 이때의 충격은 어머니의 병에 대해 들었을 때보다 훨씬 나를 놀라게 했고 눈시울을 더 붉어지게 만들었다.

어머니께서 우시는 이유는 아마 지금까지 참으며 삭히고 쌓여가던 화가 마음에 큰 불을 일으켜 일어난 결과일 것이다. 가족의 짐을 다 지고 계셨던 어머니는 자신의 울고 있는 모습을 가족들에게 보인다면 가족들이 자신을 걱정하지 않을까하는 생각에 혼자 꾹 참고 계셨던 것이다. 그 작은 몸에 그 무거운 가족의 짐을 부담하려 하셨으니 얼마나 힘드셨을까. 그런 어머니를 보고 난 누나에 대한 화도 생겼지만, 아버지에 대한 원망도 조금씩 생기기 시작했다. 그 당시 가정의 분위기를 항상 험악하게 만들었던 건 누나와 아버지의 대립이었기 때문에 나는 그 둘에게 상당히 큰 거부감이 생기기 시작했다. 하지만 나는 이 거부감을 나타낸다면 가족들에게서 미움을 받을 것 같아 잘못되었다는 것을 알면서도 내 감정을 숨기고 있었다. 그 결과 나의 아버지와 누나에 대한 원망은 누나와 어머니의 대립이 계속될수록, 누나와 아버지의 언성이 높아질수록 점점 더 커져갔고 그 원망의 주체는 점점 더 넓어져 나를 포함한 가족 전체에게로 손을 뻗어가고 있었다.

원망은 커지고 커져 마치 독처럼 돌고 돌아 내 몸과 마음을 침식해 갔다. 결국 중학교 3학년 2학기가 끝나갈 무렵. 그 독이 심장과 머리를 다 침식해버렸다. 몸과 마음이 비뚤어진 나는 그 상태로 가족들과의 대화를 단절했다. 그리고서 내 방에만 틀어박혀 며칠 동안 밥도 먹지 않은 채로 지내고 있었다. 그러다가 가끔 가족들이 나가면 몰래몰래 편의점에 가서 컵라면 하나 사서 편의점에서 배고픔만 간신히 채울 정도로만 먹고 버리는 생활을 반복해 나갔다. 이런 생활로 내 몸은 점점 쇠약해졌고 독처럼 맴돌고 있던 원망은 이내 스트레스로 바뀌어 갔다. 또 스트레스는 쌓이고 쌓여 이윽고 분노로 만들어내게 되었으나 이를 스트레스의 탓이라고 생각하지 못한 나는 이를 해결하는 방법으로 가장 좋지 않은 방법을 사용했다. 화풀이로써 지금껏 아버지와 어머니, 누나가 주었던 편지와 마음이 담긴 물품들을 부숴버리는 되돌릴 수 없는 일을 해버린 것이다. (지금 생각해보면 너무나 후회스럽고 안타까우며 과거의 나 자신이 많이 미워진다.)

그렇게 내 생에 가장 부끄럽고 후회스러운 하루하루를 지내던 도중 아버지께서 평소와는 다르게 설득하려는 목소리로 말하시며 내 방문을 두드리셨다. 자리에 앉아서 자신과 얘기를 해보지 않겠냐고 말씀하셨다. 나의 좋지 않는 생활로 건강이 나빠지게 된 이유에 대한 궁금증과 근본적인 해결을 위해서 대화를 거신 것이 아닐까 추측한다. 방 안에 누워있던 나는 아버지의 말이 신경은 쓰였지만 내 마음속에 남아있는 아버지에 대한 원망은 대답하지 말라며 내 귀에 속삭였고 나는 그 속삭임에 넘어가 내게 처음으로 내밀어 주신 아버지의 손에 대해 답하지 않았다. 결국, 그 손은 점점 온도를 잃다가 얼음처럼 얼어붙어 차가워졌다. 그렇게 시간이 흘러 나는 고등학교 1학년이 되는 2018년도를 맞이했고 나는 드림스쿨에 들어가게 되었다.

처음 드림스쿨을 신청했을 때 난 '드림스쿨은 내게 있어 피난처'라고 생각했다. 내가 느끼기에 나는 가족이라는 공동체 안에 들어가 있다면 모두에게 폐만 되기 때문에 들어가면 안 된다고 생각하고 있었기 때문에 빨리 가족에게서 벗어나야 한다고 생각했다. 그렇게 피난처라고 믿었던 드림스쿨에 들어가고 난 드림스쿨 기간이 거의 끝나갈 때까지 하루를 남겨두고서도 난 가족들에게 아무런 안부인사, 전화도 하지 않았다. 드림스쿨의 날짜가 지나가면 지나갈수록 내 마음이 차가워져 깨져버릴 것 같은 느낌을 받았다. 나는 처음에는 이 느낌의 원인에 대해서 잘 모르고 있었지만, 학교에서 나누어 준 가족이란 주제의 안내장이 내게 이 원인을 알게 해 주었다.

가족들에게서 떨어진 시간이 늘어나다 보니 난 우리 가족이 단어 그대로 그리웠던 것이다. 가정이 불안정하더라도, 누군가 상처를 입더라도 나는 가족이라는 구성원으로서 우리 집에 있고 싶었다는 내 진심에 대해서 알게 되었다. 하지만 내가 먼저 가족들에게 사과하자니 내가 그동안 했던 행동(아버지의 말을 무시하고 가족들의 손을 뿌리쳤던 일)이 기억나 사과를 할 엄두가 서지 않았다. 아니 더 정확하게 표현하자면 가족에 대한 죄책감과 사과를 드리더라도 용서받지 못할까봐 무서웠다.

복잡한 감정을 가진 채로 시간은 흘러 드림스쿨 마지막 날이 되었다. 거의 다 마쳐갈 때 즈음 학교에서 자기 부모님에게 편지를 써서 보내라며 편지지와 봉투가 왔다. 난 이 편지에 내 마음을 담아서 전달한다면 내 부모님이 받아주실 것이라고 믿었다. 아니 믿고 싶었다. 그래서 나는 그 편지 쓰는 시간에 내가 가지고 있던 사죄의 마음을 담아 그동안 내가 했던 모든 행적과 사죄의 말을 모두 다 담았다. 내가 가족들을 원망하게 된 계기부터 내가 아버지의 대화를 무시했던 것, 같이 어울리지 않았던 것, 가족들에 대해 숨기고 있던 감정 등. 모든 일마다 내가 잘못했던 일을 하나하나 적고 죄송한 마음을 표현하자니 편지지의 칸이 부족할 정도로 많았다. 모든 일에 대해 사과의 맘을 전하고 싶었던 나는 A4용지에 내용을 적어 편지지 사이에 끼워

넣은 채로 편지봉투에 넣었다. 다 적고 나니 선생님께서는 편지봉투를 풀로 붙여서 제출하라 하셨다. 하지만 내게는 편지봉투를 닫을 풀은 필요가 없었다. 두 눈에 맺힌 몇 방울의 죄송함이 풀 대신 편지의 입구에 떨어져 편지지의 입을 붙이고 있었다. 나는 선생님과 친구들의 앞에서 눈물을 보이지 않으려고 눈물이 나오는 족족 하품을 하는 척하며 손으로 밀어냈다.

선생님께서 이제 편지를 학교에서 집으로 보내기 위해서 수거해가셨다. 나는 내 마음을 담은 이 편지가 내일 내가 집으로 도착하기 전에 나보다 먼저 집에 도착해 있기를 바랬다. 만약의 경우를 대비해 내가 편지보다 빠르게 도착한다면 내가 도착한 그 날 밤. 어머니 아버지가 주무시기 전에 따로 찾아가서 말씀드리기로 결심했다. 하지만 다음날이 되자 그 전날의 결심은 어디 갔는지 온데간데없고 마음은 후들후들 떨고 있었다. 사과를 드린다는 건 다를 바 없었지만, 편지가 도착했을 때와 그러지 못했을 때에 대한 행동에 대해서 생각했기 때문이다. '어떻게 말씀드려야 내 마음을 잘 전달할 수 있을까?', '편지가 먼저 도착해 있다면 가서 내 마음을 전달하려면 어떡해야 하지?' 등 여러 가지 생각에 머리에서 열이 날 만큼 생각하고 또 생각했다. (생각하다 못해 어떻게 마음을 효과적으로 전달할지에 대해 미리 대사 같은 것도 생각할 정도였다. 그 정도로 나는 내 마음이 전달되기를 바라고 있었다. 대사를 생각 한 건 너무 계산적 아니냐는 생각을 할 수 있겠지만 나는 말을 잘 못하는 편이라 가족들에게 마음을 전달하려면 미리 생각해 놔야 한다고 생각했다.)

나는 로비로 나와 아버지가 오시기를 기다렸다. 이때 기다린 시간은 마치 목욕탕 사우나에서 뒤집어놓은 모래시계를 보는 것처럼 늦게 흘러갔다. 아버지는 그런 모래시계를 넘어 나를 데리러 오셨고 나는 아버지 차 옆 좌석에 앉아 아무 말도 못한 채 다소곳한 자세로 앉아있었다. 이때 처음으로 내가 간과하고 있었던 사실이 있다는 것을 느꼈다. 도대체 어찌하여 이 상황에 어떻게 아버지께 "아버지 집에 편지 도착했습니까?"라고 물을 수 있단 말인가. 이러한 내 맘을 아시는지 모르시는지 아버지는 무덤덤하게 내 짐을 차 트렁크 넣으시고는 운전석에 앉으셨다. 그리고는 아무 말 없이 시동을 걸고 집으로 향하셨다. 이 순간 나는 이 상황에 어떤 행동을 취해야 할지에 대해 생각하고 있었다. '음. 어떡하지? 말을 어찌 걸면 좋을까? 아니 그것보다 편지는 도착했을까? 안 도착했으면 어떡하지? 어떻게 말을 시작하는 것이 좋단 말인가!' 그렇게 머리에서 열이 나던 순간 아버지께서 먼저 말을 거셨다.

"할 만 하드나."

나는 평소 강압적이시고 가부장적인 아버지가 오랜만에 내게 먼저 말을 걸어 주신 것에 놀랐다. 예전에 아버지가 내게 손을 내밀어 말을 걸어 주신 적이 있었지만, 지금은 그때보다 훨씬 놀랐다. 아들이 가족을 싫어하고 있다는 사실을 알고 계시면서도 아버지께서는 내게 다시 한번 손을 내밀어주신 것이다. 이번에 내 마음을 전달하기 위해서는 아버지의 손을 덥석 하고 받을 차례였다. 아니 받아야 했다. 하지만 나의 입은 맘과는 다르게 무뚝뚝하고 정 없이 단답형으로 이야기했다.

"네. 뭐 할 만하던데요."

나는 이 말을 하고 난 직후에 엄청난 후회를 했다. 내가 마음을 담아 쓴 편지가 도착해 있건 없건 나는 부모님께 내 잘못을 전달하고 싶다는 게 목적이 아니던가. 그리하여 말을 덧붙이려고 입을 열자 아버지는 내 말보다도 더 빠르게 한 말씀 더 하셨다.

"집 갔다가 오랜만에 목욕탕이나 가자."

나는 내가 말할 기회를 빼앗겼음에도 기분이 나쁘지 않았다. 오히려 아버지가 한발 더 나아가 내 손을 잡고 끌고 가 주신 것이 너무나도 감사했다. 하지만 만약 아버지가 이번에도 손을 내밀어 내가 오직 그 손을 잡는 것으로 가족에게 용서를 받는다면 그 용서는 진실된 마음의 결과로 온 용서가 아니라고 생각했다. 그리하여 나는 내 마음을 목욕탕에서 전달하기로 했다. 차는 빠르게 굴러 우리를 집으로 데려갔다가 목욕탕으로 향했다. 나는 후다닥 옷을 벗고 아버지와 함께 목욕탕 안에 들어갔다. 간단히 샤워를 하고 나는 마음의 준비를 했다. 지금까지 내가 했던 일들에 대한 속죄와 사과의 표시를 할 수 있는, 그 한마디를 하기로. 탕에서 나오고 나서 본격적으로 몸을 씻으려 적당히 주변에서 의자를 찾아 자리에 앉았을 때 나는 아버지께 말씀드렸다.

"아버지, 등 좀 밀어드릴까요?"

아버지는 내 말에 많이 놀라신 것 같았다. 잠시 동안의 정적이 흐르고 아버지는 내 의도를 알겠다는 듯이 등을 돌리며 말씀하셨다.

"부탁 좀 하자."

나는 태어나서 처음으로 아버지의 등을 밀어드리게 되었다. 수건에 비누로 거품을 내고 아버지의 등을 향해 자세를 고쳐 앉았다. 하지만 내 수건이 바로 아버지의 등에 닿지는 않았다. 아버지의 뭉친 어깨와 굽은 허리, 그리고 밤하늘의 별처럼 수없이 많아 보이는 잔챙이 상처가 내 마음을 후벼 파듯이 밀고 들어왔다. 어릴 때 존경하고 언제나 내 앞을 막아줄 것만 같아 높게 바라보고 있었던 등이, 중학생 되어 증오하고 미워하던, 하지만 아직은 높고 듬직할 거라 믿고 있던 그 등이, 지금 내 눈앞에 쇠약하고 굽은, 하지만 아직도 가족이란 무게를 놓지 못한 그 등이 있었다.

나는 아버지의 등에 내 수건을 대고 닦아 드렸다. 하지만 제대로 닦을 수 없었다. 내가 했던 일의 어리석음이, 나의 멍청함과 나의 죄송함이 눈물로 바뀌어 내 눈 앞을 가렸기 때문이다. 분명 처음에는 수건으로 닦으면서 죄송함을 말로 하려 했으나 눈물 때문에 목소리가 잘 나오지 않아 꾹 입술을 깨물고 있었다. 이런 나의 상황을 아버지도 아시는지 울고 있는 나를 아버지는 돌아보지 않으셨다. 아들이 스스로 잘못을 느끼고 사죄를 하는 것에 대해 아들의 남은 자존심을 지켜주기 위해서였을까? 나는 이에 대해서 아버지께 여쭤보진 않았지만, 그 배려에 더 눈물이 났다. 지나가는 사람들이 나를 쳐다봐도 나는 아랑곳 하지 않고 눈물 소리를 내지 않으려 입술을 깨물고 아버지 등을 닦았다. 아버지의 등을 모두 닦고 물로 씻어 드렸다. 그렇게 등을 밀어드리고 나자 아버지께서는 나를 보지 않으시며 말씀하셨다.

"니도 돌아봐라. 내가 해 주께."

나는 아버지의 말씀에 따라 나도 뒤로 돌아앉았다. 뒤로 도니 아버지께 눈물을 보이지 않게 되어 조금 안심했다. 아버지는 나와 같은 방법으로 수건에 비누로 거품을 만드신 후에 내 등을 밀어주셨다. 힘이 들어가 있지만, 따갑지 않고 오히려 따스하게 느껴졌다. 그동안 걱정하고 있던 내 가슴 속 응어리가 풀리는 듯했다. 이때 정말 아버지에게서 등을 돌린 채로 있어서 다행이라고 느꼈다. 정면을 보고 있었다면 아버지께 못난 아들의 우는 얼굴을 보이게 될 테니까. 내게 뜻깊은 경험을 안겨 준 목욕을 끝내고 아버지와 함께 집으로 돌아왔다.

난 집으로 들어가려고 대문 앞에 서 있었다. 아버지께서는 자동차의 트렁크 칸을 정리하신다고 하셔서 내가 먼저 집에 들어가게 되었다. 옛날 같았으면 바로 초인종을 누르고 달갑게 가족들을 만났을 텐데 가족들과 단절해 버렸던 내게 아직도 그럴 권리가 있을까. 아직 아버지와 어머니께도 제대로 된 사과 한마디 못 드렸는데. 라고 생각하며 초인종 앞에서 어물쩍거리고 있었다. 그렇게 몇 분이 흐르고 아버지께서 트렁크 정리를 끝내시고 오시면서 문 앞을 빤히 보고 있는 나를 향해 말씀하셨다.

"빨리 안 드가고 머하노?"

그러고는 나를 대신해서 초인종을 눌러주셨다. 딩동 하고 높고 밝은 소리가 집 안에서 울려 퍼져 내 귀까지 닿았을 무렵 어머니께서 인터폰을 들고서 말씀하셨다.

"누구세요?"(여전히 누군가를 보듬어 주는 그런 목소리라고 생각했다.)

그러자 아버지께서는 갔다 왔다며 한마디 짧고 굵게 말씀하셨다. 그러자 어머니께서는 인터폰을 통해 대문을 여셨다. 여기까지 오는 데도 나는 내 스스로 한 발 더 내딛으려 하지 않았음을 부끄럽게 여겨 마지막 문만은 스스로 열고 가족들에게 가고 싶었다. 내가 도어록의 번호를 거의 다 눌러 갈 무렵 문 안에서 누군가가 문손잡이를 돌려 문을 열렸다. 아, 결국 이번에도 나는 우리 가족에게 스스로 다가가지 못했다는 생각에 우울해하며 위를 올려다보니 그곳에는 우리 어머니가 계셨다. 어머니께서는 나를 보자마자 끌어 앉으시며 말씀하셨다.

"갔다 왔어?"

이젠 내가 말할 차례다.

"네. 다녀왔습니다. 엄니!"

결국, 내 스스로 내딛은 거라곤 아버지와 어머니께 말 한마디 답하는 것이 전부였지만 그래도 언젠가 내 마음을 담은 편지가 도착한다면 그 이후에 말해도 괜찮지 않을까라고 생각했다. 나는 집에 도착해서 손을 씻고 나서 내 방에 들어가 의자에 앉아서 생각을 했다. '그래, 편지가 도착하고 나면 마음을 전하기 쉬울 거야. 그렇게 하자. 아니 근데 그래도 말로 먼저 전하는 편이 나으려나?' 이 두 생각은 서로의 의견을 반박하며 맹렬한 토론을 펼치고 있었다. 그때였다. 아버지와 어머니께서 나를 큰방으로 부르셨다. 나는 예상치 못한 전개에 얼떨떨함을 감추지 못하며 큰방으로 향했다. 큰방 문을 열었더니 안에는 아버지와 어머니, 그리고 눈물로 포장되어 있었던, 입구가 열려 있는 내 편지 3장이 있었다. 나는 나보다 먼저 도착해서 나를 기다리고 있는 편지에 대해 놀랐지만, 그것보다 아버지와 어머니의 환하게 웃고 계신 모습이 더 눈이 갔다. 평생 살면서 그렇게 환하게 웃으시는 부모님 두 분을 요 근래에는 본 적이 없는 것 같았다. 이 정적을 깨고 아버지가 한 말씀 하셨다.

"편지 다 읽어 봤다. 니 속이 깊은 건 알고 있었는데 이런 생각을 하고 있을 줄은 생각도 몬했다. 내가 미안타."

오늘, 태어나서 처음으로 하는 일이 많다. 난 생전 아버지가 누군가에게 미안하다고 말하시는 모습은 본 적이 없다. 항상 가부장적이시고 보수적이신 아버지가 내게 처음으로 미안하다. 라는 말을 하셨다. 아버지의 말이 끝나자 어머니도 한 말씀 덧붙이셨다.

"항상 이런 생각하게 해서 미안해. 그동안 니 맘도 몰라주고 너를 힘들게 해서 내가 정말 미안해."

부모님들의 이 말은 나를 주저앉게 만들기에 충분했다. 나는 그 자리에 앉아 오늘 흘렸던 눈물 갑절만큼, 아니 지금까지 흘렸던 그 어떤 눈물보다 더 많은 양의 눈물을 흘리면서 이야기했다.

"저야말로 정말 죄송합니다. 제발 용서해주세요. 그동안 정말 잘못했습니다. 가족이면서 이해하려 들지 않고 내 맘에 안 든다고 단절하려 했던 거 정말 죄송합니다. 또, 또……."

울면서 말하느라 말이 제대로 잘 나오지 않았다. 아버지를 만나기 전 몇 번이고 시뮬레이션했었던 대사도 머릿속에선 하나도 기억나지 않았다. 그저 나는 내 마음이 말하는 대로 그대로 내 입으로 옮겨서 말을 했다. 문맥은커녕 제대로 발음조차 잘 되지 않았지만 나는 내가 잘못했던 일에 대해서 내 마음을 모두 드러내어 고백했다. 그러자 부모님은 말없이 나를 안아주시면서 말했다.

"얼마나 힘들었으면 그렇게 떠나갈 듯이 우나 갠찬타. 그만 뚝 그치라 뚝 됐다. 됐다. 다 안다."

하시며 내 등을 토닥여 주셨다. 그 손길은 내 등을 따스하면서도 부드럽게 쓸어내려 주셨다. 태어나서 처음 느껴보는 용서의 손길이었다. 그간 잘못했던 일들이 용서받자 나는 그들에게 미움받지 않았다고 안심해 더욱 마음 놓고 울 수 있었다. 그렇게 처음 흘려보는 뜨거운 눈물이 마르고 부모님과의 대화가 계속 되었다. 그간 서운했던 사건과 그때의 느꼈던 마음에 대해서 모두 마음을 열고 대화하기로 했다.

“당신이 나 놔두고 먼저 차로 돌아갔을 때 기억나요? 나 그때 엄청 서운했어요.”

“미안혀, 내가 그때 일 때문에 급히 전화할 때가 있어가 그랬다. 담부터는 미리 말을 하고 가끄마.”

“전 항상 엄니가 계속 마음속에 담아두는 것이 너무 마음에 걸렸어요. 옛날에 엄니가 혼자 방에서 울고 계신 걸 본 적이 있어요. 그건 저에게 있어 큰 충격이었어요.”

“그랬구나, 그건 정말 미안해. 내가 힘들다고 말하면 나한테 신경 쓸까 봐 그랬어. 다음부터는 가족들에게는 솔직하게 말해야겠네.”

대화가 나누던 도중 누나가 문을 열고 방에 들어왔다. 누나는 우리가 진지하게 앉은 채 대화하는 모습이 낯설었는지 물었다.

“무슨 일이야? 너는 얼굴이 그게 먼데?”

이제 성숙한 어른이 다 된, 누나는 내게 물었다.

나는 그간 있었던 일을 누나에게 설명하자 누나는 입을 두 손으로 가리며 미안함을 감추지 못했다.

“그렇게 느낀 게 있으면 바로 나한테 말을 했어야지. 나도 항상 내 어리광을 받아주는 아빠, 엄마한테는 미안하게 생각하고 있었는데 표현을 못 했네. 엄마, 아빠 그동안 죄송했습니다. 그리고 동생아 니한테도 많이 미안해.”

솔직하게 그렇게 느낀 게 있으면 바로 말을 했어야지 라는 부분은 맘에 안 들긴 하지만 누나도 자신이 느껴왔던 감정에 대해 솔직하게 가족들과 털어놓으며 우리는 서로의 마음에 숨김없는 가족이 될 수 있었다.

예전에 있던 일에 대해서 생각하다 보니 벌써 집에 도착해 있었다. 아버지는 차를 주차하시고 차 문을 여시며 말씀하셨다.

"고마 들어가자."

나는 아버지를 따라 차에서 내려 가방을 메고 다시 우리 집 대문 앞에 선다. 나는 열쇠로 문을 열려고 하시는 아버지를 말리며 내가 말했다.

"압찌. 열쇠 좀 주세요. 제가 열게요."

"귀찮쿠로 고마. 와?"

"아 좀 주세요오!"

"자! 아나 받그라."

나는 아버지께서 던져주신 열쇠를 잡아 우리 집 대문에 꽂고 돌렸다. 그러자 탱! 하는 소리가 나며 문이 열렸다. 그리고는 난 달음박질로 올라가 도어록의 비밀번호를 빠르게 눌러 안에서 문을 열어줄 틈도 없이 문을 열고 말했다.

"다녀왔습니다!"

그러자 어머니께서 밝은 얼굴로 나를 맞아 주셨다

"왔니?"

누나는 대학교 갈 준비를 잠시 멈추고는 나를 바라보며 말했다.

"어 동생 왔네. 학교는 재밌어?"

뒤에 있던 아버지는 내 의도를 알아채신 듯이 한마디 하셨다.

"아이고 고게 하고 싶드냐?"

나는 행복하다. 이렇게 나를 기다려 주고 반겨주는 우리 가족이 언제나 내 옆에 있으니까.

도심에서 느낄 수 있는 따뜻함

도심에서 느낄 수 있는 따뜻함

신 동 현

수성구 지산동, 수성아트피아 바로 앞에는 마당이 딸린 2층집이 하나 있었다. 그 집에는 어느 한 노부부가 살고 계셨다. 그 노부부는 나의 할아버지, 할머니이시고, 그 집은 아빠가 20대 때부터 결혼하기 전까지 사셨던 집이다.

나는 할아버지 댁에 가는 것을 참 좋아했다. 할아버지께서는 고등학교 선생님이셨는데 은퇴하신 후에 아빠 4남매가 용돈을 주시는데도 불구하고 집에 있는 것이 심심하다고 하시며 파지를 주우시면서 하루를 보내셨다. 그런 할아버지를 따라 나는 어릴 적부터 지산동 일대를 돌아다녔다.

생각보다 힘들었고, 할아버지께서는 땀을 뻘뻘 흘리시면서 거친 숨소리만 뱉고 계셨다. 이렇게 힘든 일을 도대체 무슨 이유로 매일 하시는지 궁금하여

"할아버지, 집에서 안 쉬시고 왜 이렇게 힘든 일을 하세요?"

라며 순수한 마음을 담아 물었다. 할아버지께서는 한숨을 크게 내쉬며

"우리 손자 용돈 줄려고 하지. 허허허!"

하시며 씁쓸하고 자그마한 웃음을 보이셨다. 그전에는 용돈을 주시는 것이 고마운지 모르고 주시면 주시는 대로 받고 반강제로 "감사합니다"라는 말을 뱉었는데, 할아버지께서 이렇게 돈을 버셔서 내게 용돈을 주신다는 것을 알고서는 진심을 담아서 "감사합니다"라는 말을 하였던 것 같다. 그 진심이 할아버지에게도 전해졌으면 다행이건만.

할아버지의 애마, '구루마'

할아버지 댁에는 할아버지께서 계시는지 안 계시는지를 한눈에 판별할 수 있는 것이 있었다. 그것은 할아버지의 애마, 속칭 '구루마'였다.

할아버지가 끌고 다니는 애마인 구루마는 몇 번의 시행착오를 거쳐 만들어진 듯했다. 전혀 허술하지 않았다. 아빠는 철판을 두들기시며 내가 용접을 했다며 자랑도 하셨다. 바퀴는 자전거 바퀴 2개를 덧대 만들어서 탄탄했고, 딱딱한 손잡이 부분에는 방석이나 못 쓰는 천으로 감싸 볼품없지만 나름 쓸만한 구루마였다. 아빠는 자주 구루마를 수리해드리면서 이 동네에서 굴러다니는 구루마 중에서 최상급이라면서 농담을 하시기도 하셨다.

할아버지께서는 내가 할아버지에 대한 기억이 있을 때부터 구루마

를 끌고 다니시면서 파지를 주우러 다니셨던 것 같다. 매일 같이 집을 떠나셔서 파지를 주우러 다니셔서 평일 오전에 가면 항상 할머니밖에 안 계셨다. 주말마다 할아버지 댁에 있는 구루마는 항상 지저분했다. 파리가 왱왱 날아다니고, 우유갑 같은 쓰레기가 중구난방으로 있었다. 나는 할아버지께서 하나밖에 없는 손자를 위해서 파지를 주우러 다니는 것에 대해서는 감사히 느꼈지만, 한편으로는 할아버지가 안쓰러웠다. 그래도 어릴 때는 구루마 위에 올라타서 동네를 돌아보는 상상을 하고, 할아버지께

"할아버지, 구루마 한 번 태워주시면 안 돼요?"

라고 했지만, 할아버지께서는 구루마가 더러워서인지, 내가 다칠 수도 있어서 그러신지 항상 안 된다고 단호하게 말씀하셨다.

할아버지 댁 마당에는 할아버지가 주워오신 거의 못 쓰는 물건들이 많았고, 종이에 물을 적셔야 더 무겁다며 마당 한 편에는 물에 푹 젖은 종이들이 탑을 이루고 있었다. 할아버지 댁에서 1km 정도 되는 고물상을 매일 무거운 구루마를 끌고 왕복하시는 할아버지께서는 착잡한 표정을 지으시며 걸어다니셨다. 구루마가 무거워서일까? 아니면 손자가 자주 안 놀러와서일까?

할아버지께서는 늘 고뇌에 빠진 듯한 표정이셨다. 나는 할아버지가 시원하게 웃는 모습을 잘 본 적이 없다. 아빠가 말씀하시길 할아버지께서는 늘 과묵한 성격이셨지만 온정이 넘치시는 분이었다고 하셨다. 어릴 적 나는 그 말을 믿지 못했다. 항상 나에게 차가운 모습만 보여주셨던 할아버지께서는 요즘 말로 '츤데레'같은 성격이셨을까? 명절이나 할아버지, 할머니 생신 때 친척들이 할아버지 댁으로 다 모이면 항상 할아버지께서는 거실에 계시지 않고 방에 들어가셔서 누워계셨다. 처음에는 우리가 싫은 줄만 알았었다. 조금 나이가 들어 생각해보니, 하루 종일 파지를 주우러 돌아다녀 힘드셔서 누워계셨던 것 같다.

할아버지 댁은 보물 창고

할아버지와 할머니께서는 약수물을 좋아하셨다. 가창에 있는 '대림생수'라는 곳에 아빠와 함께 가서 한 달에 한 번씩 물을 떠 왔다. 할아버지께서는 그 물맛이 제일이라며 그 물만 고집하셨다. 그래서 할아버지 댁 마당에는 생수통이 가득하였다. 그렇게 넓지는 않은 마당이 파지, 구루마, 생수통으로 가득 차 할아버지 댁으로 들어가기도 쉽지 않았다. 발 디딜 틈이 없었던 마당을 지나 지하로 내려가면 신기한 것들이 정말 많았다. LP판, 턴테이블, 내가 갓난아기 때 타던 보행기, 자전거, 심지어 고양이까지 있었다. 지하실로 내려가면 퀴퀴한 냄새와 함께 고양이 울음소리가 들려왔었다. 아빠와 큰아빠는 그 고양이를 쫓아내려고 했지만, 할아버지께서는

"고양이도 살 곳이 없어 여기 사는 데 뭐 어떠냐."

라며 아빠와 큰아빠를 말렸다.

이때 나는 할아버지께서 정이 많다고 처음 느꼈다. 늘 차가운 줄만 알았고 잘 웃지도 않아서 감정이 메마르신 분인 줄 알았는데, 내 머릿속의 할아버지에 대한 생각이 할아버지 댁에 기생하는 고양이 덕분에 새롭게 되었다. 할아버지 댁의 마당은 악취가 풍길 때도 있지만, 쓸만한 물건들이 많았다. 할아버지의 단골집은 문구점이었는데, 그 문구점 앞에는 불량식품 박스와 아이들이 버린 '유희왕' 카드가 잔뜩 있었다. 할아버지께서는 그것 또한 돈이라고 생각하시며 다 주워오셨다. 그리고 깨끗하고 안 구겨진 카드들은 잘 모아서 내가 올 때마다 선물로 주셨다. 나는 그 할아버지의 땀으로 이루어지고 손자를 위한 마음이 담긴 그 '유희왕' 카드의 의미를 몰랐었다. 나는 할아버지께서 왜 새것으로 안 사주시고, 남이 버린 것을 주시나 하고 원망

하기도 했다. 참 철이 없었던 초딩 신동현이다.

다락방에 가는 계단 옆에 있는 1층 주방 창고로 가면 할아버지 댁에 있는 대추나무에서 딴 알이 굵은 대추들과 하이얀 밤들이 할머니 손처럼 쭈글쭈글 말라가고 있었다. 또 없는 음식이 없는 냉장고가 2대나 있었다. 어릴 적 나는 할아버지 댁에 가자마자 뭐 먹을 게 없나? 하고 1층 주방 창고로 조르르 뛰어갔다. 몰래 냉장고를 열어서 콜라가 보이길래 마셨다가 진한 국간장이 까꿍하고 튀어나와서 놀란 마음에 콜라병을 다 떨어뜨려 사고를 친 적도 있었다. 할아버지께서는 대수롭지 않게 여기셨고, 엄마가 놀라서 뛰어오시며 야단을 내셨다. 나도 아빠의 어린 시절을 닮아서 그런지 사고를 생각보다 많이 치고 다녔던 것 같다.

마당과 지하도 물론 신기하지만, 2층 다락방은 아빠의 젊은 시절이 담긴 멋진 공간이었다. 2층으로 올라가는 계단에는 조그마한 벨이 있었는데, 그 벨은 늦잠 자는 아빠를 위해 만든 일종에 알람이었다. 2층까지 올라가기 귀찮으셨던 할머니는 벨을 달아서 2층 다락방에 있는 아빠 침대 옆에 스피커를 달아놓으셨다. 이런 것이 20년이 지나서도 남아있는 것이 신기했다. 2층 다락방에는 아빠가 20대 때 입었던 잠수복, 스노클링 장비 등이 있었고 아빠와 큰아빠의 졸업앨범, 아빠가 자주 만드셨던 프라모델까지 남아있었다. 나는 할아버지 댁에 올 때마다 아빠 손을 잡고 가파른 계단을 거쳐 신비한 2층에서 헤어 나오지 못했다. 아빠가 젊을 때 살았던 집이고, 그 공간이 남아있다는 것도 철없고 모든 것이 궁금한 나에게는 안성맞춤인 장소였다.

할아버지 댁은 농산물 센터

가을이 되면 할아버지 댁 담벼락에 엄청 큰 대추나무에는 알이 큰 대추들 때문에 나무들이 기운이 없는 것처럼 축 처져있었다. 일 년 중에 할아버지 댁에서 가장 큰 행사가 대추 따기 행사인데, 초등학생인 나에게는 그 대추 따기가 가장 재미있었다. 대추를 따는 날에는 골목길에 들어오는 차량에게 양해를 구하고 다른 길로 가달라고 부탁드릴 정도로 우리 가족에게 큰 행사였다. 아빠와 큰아빠가 긴 장대로 나무를 툭툭 치면, 큰아빠 가족, 우리 가족, 할머니는 땅에 떨어진 대추를 열심히 주워서 포댓자루에 담았다.

할아버지께서는 그때 무엇을 하셨을까. 그저 뒷짐만 지시고, 우리를 지켜보기만 하셨다. 그런 할아버지가 밉기도 하였지만, '할아버지시니까'라는 생각으로 금세 잊어버렸다.

대추를 따다 보면 머리에 맞는 일도 빈번했다. 머리에 맞고 나면 머리가 띵해지고, 주변에서는 깔깔 웃는 소리가 들려왔다. 대추를 다 따고 나면 아빠와 나는 싸리비로 나뭇잎을 치웠고, 나머지 가족들은 입에 대추를 하나씩 물고, 무거운 포댓자루를 낑낑대며 집으로 들어갔다. 이제 막 딴 대추는 풋사과처럼 달콤했고, 과즙이 철철 흘러내렸다. 얼마나 달콤한지, 벌레들도 서로 먹겠다고, 이미 대추 속에 자리를 잡고 있는 경우도 있었다.

푸릇한 대추는 말리지 않고 그냥 먹고, 새빨갛게 잘 익은 대추는 2주 동안 말렸다. 목욕탕에서 막 나온 나의 손가락처럼 쭈글쭈글하게 된 대추는 곧 있을 추석 차례에 쓰였다. 차례를 지낼 때 내 손으로 직접 딴 대추가 차례상에 올라가는 것이 신기하기도 하였고, 친척들에게 자랑하기도 하였다.

할아버지 댁 담벼락에 대추나무가 있다면, 앞마당에는 자그마한 감나무 2그루가 있었다. 그 감나무는 일 년에 감이 하나라도 열리면 기적일 정도로 작았다. 감나무를 심은 지 3년째 되는 해, 처음으로 감이 열렸다. 고작 각각 3개뿐이었지만, 할아버지와 할머니는 엄청 좋아하셨다. 할아버지께서는 아빠 4남매에게 하나씩 나눠주시고 1개는 할아버지, 할머니가 드시고, 나머지 하나는 까치밥이라고 남겨두었다. 아빠는 할아버지가 하나라도 더 드시라는 마음에

"아버지, 그냥 남은 하나도 마저 잡수쇼. 이런 도시에 까치가 어디 있을껴."

라고 말씀하셨다. 할아버지께서는

"야야, 요즘같이 잘 사는 시대에도 그지가 있듯이, 이곳에도 배고픈 까치가 있을 수도 있다 아이가."

라고 하셨다. 할아버지의 마음은 동심이 가득 차 있던 초등학생 나에게 놀라움이었다. 실제로 한 달쯤 지나고 감나무에는 까치가 먹고 간 흔적이 있었다. 집 앞에는 차가운 자동차가 쌩쌩 달리는 왕복 6차선 도로가 있지만, 할아버지네 마당에서만은 지나가던 까치에게 할아버지의 따뜻한 마음이 전해졌다.

앞마당에는 조그마한 텃밭도 있었다. 거름을 뿌리는 날에는 냄새가 지독하여 2층 다락방까지 냄새가 퍼져갔다. 그곳에는 상추, 깻잎, 케일 등 여러 가지 야채들이 많았는데, 금방금방 자라서 일 년에 두세 번씩 고기 파티를 했던 것 같다. 평소 육식파인 나는 쌈도 잘 안 싸 먹는데, 할아버지 댁 야채들은 왜 이리 맛이 있던지, 쌈이 그냥 꿀떡꿀떡 넘어갔다. 하지만 그 텃밭도 고양이들이 자꾸 뜯어 먹고 똥을 싸질러 놓아서 화가 나신 할아버지, 할머니는 밭을 뒤엎고, 내가 초등학교 3학년 때 이후로 야채를 키우지 않으셨다. 그 후 할아버지 댁에 갈 때마다 자그마한 텃밭을 보았지만, 고운 흙만 뿌려져 있을 뿐 푸릇한 채소들은 더이상 얼굴을 내밀지 않았다.

할아버지의 삶

할아버지께서는 의성에서 태어나셔서, 결혼을 하시고 아빠가 4살 때 대구 남문시장 부근으로 이사를 오셨다. 학교 선생님이셨던 할아버지께서는 우리 동네의 협성고등학교에서 근무하셨다고 한다. 할아버지께서는 선생님답게 4남매에게 엄하셨다고 하는데, 특히 우리 아빠가 제일 호되게 당했다고 한다.

아빠는 고모나 큰아빠와 달리 호기심이 넘쳐나고, 사고뭉치여서, 할머니와 할아버지께 매일같이 혼나셨었다고 자랑스럽게 이야기하셨다. 할아버지의 엄하신 모습은 아빠가 자라 나를 낳고, 내가 자랄 때까지도 유지되었다.

하지만 나는 할아버지의 따뜻한 모습도 쉽게 찾을 수 있었다. '하나밖에 없는 손자를 위해서라면 무엇이든 한다.'라는 마인드를 가지고 계셔서 나는 덕을 많이 봤다. 할아버지 댁에 갈 때마다 용돈을 주셨고, 거기에 더불어 내가 자라 대학 갈 때까지 돈을 보태주신다고 전용 통장도 만들어서 나에게 선물로 주셨다.

이러한 부담감 속에 과연 나만 이렇게 혜택을 받는 것이 옳은 건가? 싶을 정도로 나에 대한 사랑이 넘쳐났다. 할아버지께서 파지 줍는 생활을 시작하게 된 계기는 아빠가 말씀하시길,

"은퇴하시고 나서 심심해서 동네를 돌아다니시다가 구루마를 끌고 다니는 사람들이 종종 보이자, 할아버지께서도 하시겠다고 고물상에 가서 구루마를 가져오셨다니까! 내가 처음부터 말렸어야 하는데."

하면서 할아버지의 파지 수집생활을 아빠는 마음에 들지 않아 하셨다. 하지만 아빠는 이왕 하는 거 제대로 해야지 하시면서 구루마도 끌기 편하게 개조하고, 바퀴도 잘 굴러가게 자주 윤활유 칠도 하

셨고, 녹슬지 않도록 '빵기칠'이라고 불리는 페인트칠도 하셨다. 우리 아빠라서 그런지 모르겠지만, 4남매 중 아빠가 할아버지에 대한 관심을 가장 많이 가지고 있는 것 같다. 아빠는 한 달에 한 번씩 괜찮다는 할아버지를 마당으로 모시고 나와서 의자에 앉혀놓고 멋지게 이발도 해 주셨다. 내가 보기에는 아빠가 어릴 적 사고뭉치여서 죄송한 마음에 자주 찾아뵙고 잘 챙겨드리는 것이 아닐까 싶다.

할아버지께서는 아침 일찍 일어나셔서 파지를 줍고 고물상에 갔다 주고 온 후에는 TV를 자주 보셨다. 뉴스도 많이 보셔서 그런지, 시사 상식에 대해서도 나에게 설명을 해 주셨지만, 온통 게임에만 관심이 있는 초딩이었던 나는 한 귀로 듣고 한 귀로 흘렸다. 할아버지께서는 건강프로그램에도 관심이 많으셨는데, TV에 한 번 나왔다 싶으면 따라 하셨다.

"생양파를 강판에 갈아서 즙으로 먹으면 좋단다. TV에서 카드라."

이런 식의 건강에 좋은 모든 것을 챙겨 드셨다. 나는 할아버지께서 팔랑 귀가 아닌가 오해할 정도로 건강식을 많이 드셨다. 하지만 이때 할아버지가 왜 건강에 관심을 많이 가지셨는지는 아무도 몰랐다.

두 번 다시 못 볼, 보고 싶은 할아버지

할아버지께서는 "늘 건강하다"라고 말씀하셨고, 건강검진도 잘 받지 않으셨다. 그저 있는 대로, 지금 가진 대로 사셨던 것 같다.

2013년 9월 28일 설마 했던 일이 일어났다. 주말을 맞이하여 집에서 학습지 한자를 하고 있었는데, 갑자기 엄마와 아빠가 부리나케 나를 데리고 할아버지 댁으로 향했다. 정신없는 상황 속에서 할아버지가 쓰러지셨다는 소식을 들었다. 나는 하늘이 무너지는 것 같았고, 곧 괜찮아지시겠지 하는 생각으로 위안을 하고 있었다.

할아버지 댁으로 가자, 할아버지로 보이는 사람이 119구급차에 타고 있었다. 어린 나이였던 나는 실려 가는 사람이 할아버지라고 믿지 않았다. 할아버지께서는 급하게 영대병원으로 실려 가셨다. 다행히도 그날 저녁에 깨어나셔서 작은할아버지분들과 말씀을 나누셨다. 하지만 나는 그때 집으로 가는 바람에 할아버지의 마지막 목소리를 듣지 못하였다. 다음날 다시 정신을 잃으신 할아버지께서는 심폐소생술로 겨우겨우 생명을 유지하고 계셨다. 나는 그날 오후에 할아버지를 뵈러 갔다. 할아버지께서는 응급실에 계셨다. 왜인지 모르지만 할아버지께서는 말을 하지 못하셨다. 그래서 나는 그저 훌쩍훌쩍 울면서 할아버지의 손을 붙잡고 있었다. 할머니는 침울한 표정으로 할아버지의 곁을 지키고 계셨고, 아빠와 큰아빠도 슬픈 표정으로 지켜만 보고 계셨다.

나는 할아버지께서 말씀은 못하시지만 깨어나셨다는 안도감에 집에 가서 학교에 갈 준비를 했다. 누나는 고등학교의 마지막 시험을 준비한다고 밤을 새고 있었다. 새벽 5시쯤 엄마, 아빠가 들어오셔서 누나와 나에게 할아버지께서 돌아가셨다고 담담하면서도 슬픈 목소리로 아빠가 말씀하셨다. 나는 어제까지만 해도 내 손을 만지시던 분이 돌아가셨다는 말이 믿기지 않았다. 급하게 준비를 하고 장례식장으로 향했다.

할아버지께서는 차가운 냉동 창고에 안에 들어가 계셨고, 나는 할아버지의 유일한 손자이자 막내였지만 장손이어서 계속 장례식장을 지키고 있었다. 친척들의 얼굴을 볼 때마다 눈물이 앞을 가리었다.

그때는 왜 그리 위로해주는 사람이 미웠을까. 위로를 해주면 해줄수록 눈물이 계속 흘렀다. 첫째 날의 밤에 내 눈은 팅팅 부어 눈이 저절로 감길 정도였다. 할아버지와 함께 있고 싶어서 나는 빈소 옆에서 자려고 했지만, 할아버지 생각이 나서 잠이 도저히 오지 않았다. 자는 둥 마는 둥 밤을 지새우고, 둘째 날 아침이 왔다. 그날은 할아버지를 차가운 냉동 창고에서 꺼내서 관에 넣는 작업을 하기 전, 할아버지를 볼 수 있는 마지막 기회였다. 얇은 유리창 건너, 할아버지께서는 냉동 창고에서 꺼내지셨다. 큰아빠께서는 그 모습을 보고는 눈물을 많이 흘리셨다. 나는 그때까지 큰아빠께서 우시는 모습을 보지 못했다. 눈물바다가 된 그 3평 남짓한 방에서는 유일하게 아빠만 눈물을 흘리지 않으셨다. 아빠는 정말로 눈물샘이 없으신 분 같았다. 내가 어릴 적부터 "남자는 울면 안 된다. 자꾸 울면 아빠가 혼낸다!"라고 우는 나를 달래셨던 아빠가 평생을 함께 지낸 사람을 잃고도 눈물을 안 흘리시는 게 대단하다고 생각했다.

이때까지는 물론이고 이 글을 쓰는 지금까지도 아빠의 눈물은 본 적이 없다. 아빠는 어릴 적부터 우는 모습이 세상에서 제일 찌질해 보인다고 하셨지만, 나는 엄마를 닮아 눈물이 많은 편이었다. 그래서 아빠는 내가 잘못을 했을 때, 잘못에 대해서 혼내시는 것보다 우는 모습을 보시고 혼을 더 내셨다. 그렇게 창고에서 꺼내지시는 할아버지를 마지막으로 만져볼 수 있는 시간에 10분 정도 주어졌다. 나는 누구보다 먼저 할아버지의 손을 만졌다. 전날의 따뜻하면서 탄력 없는 쭈글한 손은 어디 가고, 차갑고 팅팅 불은 손만 남겨졌었다. 그렇게 할아버지의 손, 발을 어루만지며 슬픔을 달래려고 했다. 눈물은 왜 이리 야속한지 만지고 있는 할아버지의 손, 발에도 계속 뚝뚝 흘러내렸다. 그 모습을 보던 장의사분들은 나보고 조금 떨어져서 보라고도 하셨다. 자꾸 물이 묻으면 훼손될 수도 있다고 하셔서, 우리 가족들도 그 방을 나섰다. 동네에서 엄마와 계를 하시는 분들도 오셔서 문상을 하셨다. 먼 친척보다 이웃사촌이 더 좋다는 말이 맞는 것 같다. 나의 마음을 잘 알고 아무 말 없이 토닥여주시던 동네 친구 엄마의 손길은 나는 아직도 잊지 못한다.

마지막 날, 아침 일찍 일어나 할아버지가 땅속에서 오랫동안 주무실 군위의 소보라는 곳을 갔다. 나는 장손이라 할아버지의 영정사진을 들고, 선두에 서서 그 산을 올랐다. 미리 큰 구멍이 파여 있던 곳에 할아버지의 관이 천천히 들어갔다. 직장에 다니던 고종사촌은 그 모습을 보고 무릎을 꿇고 너무나도 슬프게 울었다. 진정을 시켜도 계속 울었고, 우리 모두 울었다. 하지만 아빠는 또 울지 않으셨다. 관을 넣고 천천히 흙을 쌓아 올렸고, 노잣돈이라고 만 원짜리와 오만 원짜리 몇 장을 막대기 꽂고, 그 막대기 주위로 흙은 한 단 한 단 쌓아 올렸다.

그렇게 할아버지를 보내고, 나는 할아버지와의 추억이 묻어있는 할아버지 댁으로 돌아왔다. 며칠 동안 관리를 안 해서 그런지, 할아버지께서 쓰러지셨을 때 그 상황이 그대로 남아있었다. 할아버지께서 자주 쓰시던 의자와 안마봉은 모두 유품이 돼 버렸다. 할아버지께서 나에게 주시던 돈이 들어있던 조그마한 옹기도 다 유품이 돼 버렸다. 할아버지의 애마였던 '구루마'도 아빠와 함께 고물상에 갖다 드리고 왔다. 그 고물상 사장님도 애도를 표시하면서 침울한 표정이셨다. 몇 년 동안 매일 같이 봐서 정들었던 분이라서 더 슬퍼하셨던 것 같다.

안녕, 정들었던 할아버지 댁

할아버지께서 돌아가신 후에 할아버지 댁에는 큰 변화가 왔다. 애마인 '구루마'도 없어졌고 지하실도 다 정리되었다. 상심이 크신 할머니를 보살피기 위해서 고모께서 할머니와 잠시 생활을 하셨다. 큰아빠는 홀로 남겨진 할머니와 함께 사시기 위해서 할아버지 댁을 바꾸기 시작했다. 아빠가 설계하셔서 어느 한적한 시골에 있을 법한 2층집을 지으셨다. 아빠의 추억이 묻어있는 2층 다락방도, 할아버지가 주무시던 방도, 푸릇한 야채가 자라던 마당 텃밭도 모두 탈바꿈하였다. 할아버지가 없는 할아버지 댁은 왠지 더 쓸쓸했고, 슬펐다. 공사를 할 동안은 할머니께서 우리 집에 오셔서 생활하셨다. 할아버지 댁은 3개월의 큰 공사를 거쳐 완전히 바뀌었다. 큰아빠네 가족은 할머니와 같이 생활하게 되었고, 그렇게 한평생 우리 가족을 위해서 살아오신 할아버지와 할아버지를 보낸 슬픔은 점점 잊혀 갔다.

할아버지께서는 무엇 때문에 돌아 가신지 나는 아직도 모른다. 아니 알고 싶지 않다. 그냥 바쁘셔서 먼길을 떠났다고 아직 생각하고 있다. 할아버지의 체취, 손길이 오늘따라 너무나도 그립다.

보고픈 할아버지께

할아버지, 할아버지의 하나밖에 없고 사랑스러워하시던 손주가 벌써 18살이 되었습니다. 할아버지를 보고 싶을 때마다 가족사진을 꺼내서 뵙곤 합니다. 할아버지 댁은 큰 변화를 가졌어요. 할아버지께서 소중히 여기시던 구루마도 고물상에 다시 갖다 드렸어요. 고물상 아저씨는 가끔 폐품을 가져다 드리면 할아버지에 대한 얘기를 자주 해주셨어요. 고물상 아저씨도 할아버지를 뵙고 싶은가봐요. 마당의 작은 텃밭도 다 없어지고 지하실도 반으로 줄였어요. 아빠의 추억이 담긴 다락방도 모두 없애고 누나들 방으로 꾸몄어요. 할아버지 댁의 4분의 1 정도를 앞에 점포로 만들어서 큰아빠께서 할머니 용돈으로 세를 드리고 있어요. 고3이었던 저희 누나는 이제 곧 대학교 졸업을 앞두고 있고 저는 할아버지께서 일하시던 경복중학교에 들어가서 졸업했고 몇 년만 있으면 대학교에 가요. 물론 좋은 곳에 갈 수 있을진 모르지만요. 사진 한 번 봐보세요. 아빠하고 엄마도 많이 늙고, 누나는 어른스러워졌고, 저는 어릴 때랑 똑같죠?

할아버지의 산소에 자주 가지 못해서 죄송해요. 할아버지를 뵙고는 싶지만, 선뜻 몸이 안 따라주네요. 할아버지 산소는 매년 아빠께서 벌초를 하러가세요. 아빠께서는 어릴 적에 사고를 너무 많이 쳐서 요즘 들어서 할아버지, 할머니께 미안한 마음이 든다고 하시네요. 마지막까지 할아버지 곁을 못 지켜 드려서 평생 한이 됩니다. 할아버지 목소리라도 듣고 싶었는데. 할아버지의 얼굴을 한 번이라도 다시 볼 수 있다면 얼마나 좋을까요? 할아버지의 따뜻한 손을 한번이라도 다시 만질 수 있다면 얼마나 좋을까요?

할아버지께서 먼길을 떠나신지 벌써 6년이 되었는데도 그때의 기억이 생생해요. 할아버지가 먼길을 떠난 날에는 온가족이 할아버지 댁에 모여서 제사를 지냅니다. 큰엄마, 엄마, 고모들이 모두 도와서 정성스럽게 할아버지께 음식을 준비하세요. 할머니는 가끔 할아버지가 보고 싶다고 말씀하셔요. 아주 가끔이지만요.

할아버지께서도 저를 많이 보고 싶을 거라 믿어 의심치 않아요. 우리 가족들 모두도 할아버지를 그리워하고 있고요. 저 또한 이 편지를 쓰는 지금도 할아버지에 생각을 저버리지 않고 있습니다. 한평생 우리 가족을 위해서 힘써주셔서 감사합니다. 할아버지께서 베풀어 주신 사랑은 다시 할아버지께 돌아온다고 믿고 있어요. 그리고 할아버지께서 먼 곳에서 저희를 축복해주고 계시다고 믿고 있습니다.

마지막으로, 할아버지 많이 사랑하고 많이 보고 싶어요.

하나밖에 없는 할아버지의 귀여운 손자
신동현 올림

어느 화목한 가정에서 '생겼던' 일

어느 화목한 가정에서 '생겼던' 일

이 찬 휘

1968년 겨울 대구에서 2남 4녀 중 다섯째로 한 아이가 태어났다. 그 소년은 학교에서 운동을 굉장히 잘했다고 한다. 배구면 배구, 족구면 족구, 믿거나 말거나 초등학교 때 스파이크를 수도 없이 때렸다고 한다. 그리고 3년 뒤인 1971년 포항에서 1남 3녀 중 막둥이로 한 여자아이가 태어났다. 이 소녀는 초등학교 6학년 때 전교 부회장을 했다고 한다(한 학년에 약 30명의 학생이 있었다). 이 둘은 서로 다른 곳에서 자라 다른 것을 보며 커왔고 하늘이 이어준 인연으로 같은 직장에서 만나게 된다.

그녀는 처음에는 그에게 아무 관심도 없었다고 한다. 그런데 무슨 이유에선지는 몰라도 점점 관심을 두게 되고 그와 사랑을 하게 된다. 2년의 연애 끝에 4월 봄, 그 둘은 성당에서 결혼식을 올린다. 함께 피자가게도 운영하면서 돈을 벌며 열심히 살았다. 그리고 1998년 겨울 아주 건강한 아이를 낳고 2002년 월드컵을 하기 2주 전 막내를 낳았다. 아버지가 된 아이는 막중한 책임감을 지고 가정을 이끌어 나가려고 노력한다. 그는 막내의 세례명에서 딴 가별 무역이라는 이름의 섬유회사를 운영하게 된다. 그리고 그의 아내는 어릴 때 형편 때문에 대학교에 나오지 못했지만, 자신의 어릴 적 꿈이었던 초등학교 선생님과 비슷한 어린이집 선생님을 하기 위해 서른 후반이 되어서 2년 동안 교육을 받고 어린이집 선생님이 된다. 이것은 나의 아버지와 어머니의 이야기이다.

그리고 나의 21살 형의 얘기를 하자면, 형은 1998년생으로 나와는 4살 차이가 난다. 어릴 때 조금은 사고를 치고 다니는 사람이었다. 형은 공부에 썩 소질이 있는 것은 아니라서 대학교에 조금 힘들게 갔다. 이렇게 저렇게 하다가 끝에 대구대 조경학과로 갈 수 있었다. 어머니는 형이 그전에 신청했던 대학교들이 모두 떨어졌다는 전화를 받고 눈물을 흘렸다고 한다. 이런 형은 성숙하지 않은 나의 지지대가 되어주었고, 나에게 많은 것을 알려주었다. 내가 옳지 않은 생각을 하면 바로 잡아주는 그런 존재였다. 나는 어머니와 아버지가 같이 회사를 가고 하니까 자연스레 형과 있는 시간이 많았었고, 어머니가 어린이집을 갔을 때도 마찬가지였다.

그래서 형과 많은 얘기를 하였다. 보통 주제는 게임이었는데, 뭐, 거의 모든 형제끼리는 게임 얘기가 대부분을 차지할 것이다. 형은 대학생이라 자꾸 시간이 남으니까 게임과 접촉하는 시간이 많았고 자연스럽게 많은 게임을 하게 되었다. 그중에서 재미있는 게임은 나에게 추천하였고 어머니 옆에서 그런 얘기를 하면 어머니는 형보고 "공부하는 애한테 그러지 마."라고 하였지만 나는 그 게임들을 재미있게 한다. 하나같이 다 재미있어서 놓을 수가 없는 게임들이 많았다.

형이 대학교에 가고 나서 밤에 시간이 나니까 쉬는 날에 할 것이 없으면 자꾸 나한테 와서 운동하러 나가자고 한다. 형도 축구를 좋아하고 나도 축구를 좋아했기에 가능한 일이었다. 축구를 하러 나가면 형과 나는 축구 경기를 하면서 수비를 어떻게 제쳤는지 자랑 아닌 자랑을 하였고 형이 나에게 드리블 기술을 많이 알려주었다. 지금까지 축구를 하면서 형 덕분에 축구를 잘할 수 있지 않았는가도 가끔 생각해 본다. 내가 만약 여자로 태어났더라면 형은 어떻게 놀았을까 궁금하다. 이렇게 형과 나는 17년 동안 정말 큰 다툼은 없었다. 주변 사람들은 형과 나의 사이를 놀라워할 때가 있다. 하지만 내가 형한테 대들지만 않는다면 형과 다툴 일은 없었다. 참고로 얘기하자면 형은 8월에 의경으로 복무하러 간다. 다치지 않고 잘 갔다 왔으면 좋겠다.

이렇게 열심히, 화목하게 살던 우리 가족은 어느 날, 가정의 화목함에 찬물을 붓는 사건이 생겨버렸다.

언젠지는 모르겠으나 어느 날 저녁, 거실은 심상찮은 분위기였다. 잠깐의 정적이 흐르고 어머니는 아버지와 얘기를 하다가 어머니가 오열하고 쓰고 있던 안경을 던지면서 울고 있었고 아버지는 아무 말도 하지 않고 땅만 보고 있었다. 어머니는 모든 것을 잃은 얼굴을 하고 있었다. 처음에는 이게 무슨 상황인가 싶었고 믿고 싶진 않았지만, 아버지가 사기를 당했나보다 생각했다. 방 안에서 숨죽이고 듣고 있으니 사기를 당한 것이 맞는 것 같았다. 아버지는 다른 사람에게 싫은 소리를 하지 못하고 냉정한 선택을 잘 하지 못하는 성격이었기 때문에 매사에 냉정하고 현실적이었던 어머니와는 달라서 당연히 그럴 수 있는 상황이었다고 그때의 나는 생각했다. 그런데 난 점점 아버지를 원망하고 있었다.

중학교 3학년 겨울 일요일 아침, 낯선 사람이 우리 집을 보러 왔다.

'드디어 새집인가. 우리가 이사 가는구나.'

라는 생각을 했다. 그러나 그것도 잠시, 낯선 사람이 가고 어머니께서 형과 나를 불러 나지막하게 얘기했다.

"아빠랑 이혼할 수도 있어."

이 말을 듣자마자 아무것도 눈에 들어오지 않았다. 이게 꿈이었으면 좋겠다고 생각했다. 거의 모든 사람이 그럴 것이다. 어머니는 그 뒤로도 계속 말을 했지만, 이혼이라는 단어를 듣고 난 뒤부터는 아무것도 들리지 않았다. 집을 보러 온 사람을 쫓아내 버리고 싶었다. 드라마에서나 봐왔던 이혼이 내 앞에 있다니……. 집을 뛰쳐나와 오만 생각이란 생각과 고민이란 고민과 절망이란 절망을 다 한 것 같았다. 16년 인생의 최대 위기가 아니었나 싶다. 정말 힘들었다. 가장 힘든 건 어머니 아버지인데 나도 그들 못지않게 힘들었다. 생각을 많이 해 보았다.

이혼이 마땅한 것일까? 이혼하게 되면 어머니 마음이 편해지는 것일까? 머리가 아프다. 부모님 한 분이랑만 사는 것은 상상도 하기 싫었다. 내가 무엇을 해야 할지 몰랐다. 내가 방황을 하면 두 분께서 내 마음을 아시지 않을까. 자살까지 생각했다. 하지만 아직 죽는 것은 무서웠다. 막막했다. 내 마음을 털어놓을 사람도 없고 만약 있더라도 털어놓지 못할 것 같아 더욱 서러웠다. 혼자 놀이터에 앉아서 오만 생각을 다 해보았다. 그러고 나서 집에 들어갔는데 인제야 책상에 있는 이혼서류와 메모지에 적혀있는 사기당한 돈 액수들을 보게 되었다. 정말 다 찢어버리고 싶었다. 하지만 그러진 못했다.

'이혼만큼은 정말 아니다.'

라는 생각을 하면서 하루는 그렇게 지나갔다.

다음 날 밤이 되자 어머니는 형과 나, 그리고 아버지를 불렀다. 아버지와 나와 형, 그리고 어머니는 다 같이 거실에 앉았다. 그리고는 어머니께서 얘기했다.

"내 말을 무시하고 사기를 당하고 술도 적당히 먹으라고 했는데도 불구하고 여럿이 있는 자리에서 다른 사람들보다 더 많이 마시고. 아직 날 사랑한다고 하지만 이렇게 말이 안 통하는데 이게 어떻게 사랑하는 사람을 대하는 태도냐. 건휘, 찬휘야 어떻게 하면 좋을까?"

확실히 아버지가 잘못한 건 맞다. 하지만 아버지가 불쌍해 보였다. 아버지는 고개를 숙이고 있었다. 형이 얘기했다.

"나는 아무 상관없다. 둘이 알아서 해라."

나는 형처럼 말할 용기가 나지 않았다. 이혼이 정말 싫었기 때문이었을 것이다. 그리고 아버지께서는 아무 말도 하시지 않았다. 조용한 분위기 속에서 어머니가 다시 얘기했다.

"이혼이 싫으면 내가 하라는 대로 해."

아버지가

"그래. 내가 다 잘못한 거니까 그러는 게 맞다. 내가 어떻게 해야 하노?"

어머니가 대책안을 마련해주었다.

"일단, 당신이 술을 너무 과하게 마신다. 다른 사람들 1잔 마실 때 당신은 3잔씩 마시고 술 취해서 집에 들어오고……. 그러니까 제발 다른 사람들 1잔 마실 때 같이 1잔만 마셔."

나는 어머니가 그냥 술을 끊으라고 하는 게 맞지 않나 생각했다. 아버지도 같은 생각이었다.

"그냥 술을 안 마시도록 할게."

하지만 어머니는 술을 안 마시는 것은 안된다고 하였다. 어머니는 왜 그런 고집을 피우는지 이해가 가지 않았다. 그렇게 되면 또다시 결국 아버지가 술을 많이 마시고 들어올 것이 뻔한데 말이다. 몇 번의 흥정(?)이 오가고 아버지가 어머니의 말을 따르기로 했다. 그리고 어머니는 아버지가 일할 때 냉정하지 못해서 불안하시다고 어린이집을 그만두고 아버지 회사에 가서 일하기로 했다. 매일 어린이집에 있는 아이들이 서툰 말솜씨로 말을 하는 것이나 책을 읽는 것을 보면서 웃으시던 어머니의 모습은 이제 다시는 볼 수 없게 되었다. 어머니가 꿈을 포기함과 동시에 내 마음에서는 허망함과 절망감을 다시 한번 느꼈다. 나는 얘기가 끝나기도 전에 내 방으로 가서 문을 쾅 닫고 들어가 버렸다. 침대에 누웠는데 온갖 서러움이 몰아치고 온갖 생각이 다 들었다.

'만약 이혼하게 되면 나는 어느 쪽을 따라야 하나? 이혼하는 것까지는 가지 않았지만 언젠가 이런 날이 다시 오면 어쩌나.'

라는 불안감에 잠을 설쳤다.

다음 날 아침, 여느 때처럼 잠에서 깼지만, 어머니와 아버지의 눈치를 볼 수밖에 없었다. 하지만, 어머니는 그렇게 화난 것 같지는 않았다. 아버지는 내가 깨기 전에 회사에 갔다. 등굣길에 친구에게 있었던 일을 다 얘기하고 싶었지만 그러지 못했다. 학교에 도착했을 때 나의 분위기와 학교의 분위기는 완전 정반대였다.

'학교에는 나를 알아줄 사람은 없을 것이다.'

라는 생각에 나는 그냥 학교생활에 전념했다. 물론 선생님과 상담을 해볼까 하는 생각은 해봤지만 그럴 용기가 차마 나지 않았다. 그래도 친구들과 일상 얘기를 하면서 불안하고 힘든 감정들은 그나마 해결되었다. 집은 분위기가 다르겠지라면서 집에 들어갔는데 여느 때처럼 어머니는 나를 반기며 오늘 있었던 일에 관해 물어보았다. 하지만 어머니와 아버지는 한마디도 하지 않았다. 아버지는 일찍 혼자 방에 들어가서 자고 어머니는 방에 들어가지 않고 거실에서 잠을 청했다.

어머니가 어린이집을 마지막으로 가는 날이었다. 그날 저녁, 어머니는 어린이집 선생님들과 함께 술자리를 갖고 많은 얘기를 나누었다. 나는 그들이 한 얘기를 알 수 없지만 즐거운 얘기를 했을 것이다. 그렇게 자정이 되어 집에 들어온 어머니에게 나는 물어보았다.

"어린이집 그만두는 거 아쉽지 않나?"

대답은 잘 기억나지 않지만 아쉽다고 하였다. 그 말을 들을 때 어머니의 얼굴은 웃고 있었지만, 무엇인가 그렇지 않은 것 같았다. 어머니는 그런 거로 슬퍼하지 않는 내가 본 가장 멋진 여성이지만, 괜스레 내가 씁쓸하였다.

어머니가 어린이집을 관두고 계속 아버지의 회사에 나갔다. 아버지 회사에는 직원이 한 분도 안 계셨다. 이유는 다 알 것이다. 어머니는 빌려서 쓰는 그 건물의 2층에 초라한 사무실로 들어갔다. 어머니가 가서 그날 처음으로 사무실을 청소하였다. 또 먼지 많은 원단 창고에서 일하였다. 그리고 어머니는 아이들만 돌보다가 원단 회사에서 고된 일을 하여서 몸이 점점 안 좋아지셨다.

2018년 4월, 여느 때처럼 야자를 하고 집에 왔는데 11시가 돼도 아무도 오지 않았다. 전화를 해보니 어머니가 입원했다는 것이다. 며칠 전부터 기침하면서 몸이 별로 안 좋으셨던 어머니는 장염까지 걸려서 3일을 입원해야 한다고 했다. 나는 어머니가 걱정되었다. 정말 그럴 일 없지만, 혹시라도 더 안 좋아지면 어떡할까 하면서……. 그다음 날 아침은 나 혼자 알람을 맞추고 일어나야 했었다. 매일 어머니가 깨워주시다가 나 혼자 스스로 깨려니 불안해서 알람을 5개나 맞추고 잠자리에 들었다. 다행히도 첫 알람에 깨서 혼자 학교에 갈 수 있었다. 이날은 학교를 마치고 어머니의 병문안을 가려고 혼자 계획하고 있었지만, 아버지가 오지 말라고 하시고 형도 왔다가 갔다고 하셨다. 아버지가 어머니 곁을 지키고 있는 것을 보면서 그래도 어머니와 아버지의 관계가 조금이라도 가까워졌다는 것을 실감했다. 그 뒤로도 아버지는 어머니와 데이트를 가시고 많은 이야기를 나누면서 더욱 가까워지셨다.

어머니가 퇴원하시고, 상태가 많이 나아지신 것 같았다. 아니, 전부 회복된 것 같았다. 마음의 평화가 찾아왔다. 어머니는 그래도 아직 몸 상태가 덜 회복되었고, 덜 나은 것 같아서 며칠을 쉬고 아버지 회사에 나가셨다. 그냥 아예 며칠을 더 쉬라고 하고 싶었지만 말려봤자 결과는 달라지지 않았을 것이다.

여기서 나는 아버지가 정말 존경스러웠다. 아버지는 몇 년 동안이

나 이런 먼지 많은 누추한 곳에서 가족을 위해 일을 했지 않았는가? 이렇게 일을 해도 아버지는 한 번도 아프다고 내색한 적 없었고 또, 아프지도 않았고 힘들다고 한 적이 없었다. 그냥 아버지는 묵묵히 자기 일을 하고 집에 와서는 흔히 말하는 아재 개그로 형과 나를 웃겨주는 나에게는 친구 같은 존재였다. 내가 본 세상에서 이만큼 훌륭하신 분을 찾아볼 수가 없었다. 그러는 아버지가 나에게 충격이 될만한 얘기를 해주게 된다.

학원을 마치고 아버지는 나를 태워주기 위해 학원 앞에서 기다리고 있었다. 나는 학원을 마치자마자 내려와 차에 탔다. 아버지가 중간톤으로 말씀하셨다.

"저번 수학 학원보다 여기가 좋나?"

그래서 나는

"거기서 거기다."

라고 하였다. 굉장히 심심한 대답이었다. 그리고 아버지는 물음을 이어갔다.

"여기 수학 학원은 문제를 저번 학원보다 많이 풀지 않나?"

그래서 나는 그렇다고 얘기했고 여기에 그치지 않고

"수학은 문제를 많이 풀어봐야 한다."

"공부 열심히 해서 네가 하고 싶은 거 할 수 있도록 노력해라."

여러 가지를 나에게 많은 이야기를 해주었고, 우연히 아버지의 이야기를 들었다. 나는 아버지에게

"아빠는 고등학교 때 공부 잘했나?"

라고 물었다. 아버지는

"공부할 머리는 있었는데 공부를 하지 않았다. 아빠는 그때가 후회된다."

그리고 아버지는 얘기했다.

"경북대 체육학과를 갈 수 있었는데 전문대를 갔다."

나는 충격을 받았다. 아버지가 왜 전문대를 간지 이해할 수 없었다. 그리고 아버지는

"아빠처럼 이러지 말고 공부 열심히 해라."

라고 말씀해주셨다. 대충 대답을 하고 무덤덤한 척했지만 나는 아버지가 왜 경북대를 안 갔는지 물어보고 싶었지만, 집에 도착했다. 어색한 분위기로 엘리베이터에 타고 19층, 약 30초 동안 아무 말도 하지 않고 거울만 보고 있었다. 집에 도착해서 각자의 방으로 들어갔다. 나는 방에 들어가서

'아빠가 경북대로 갔다면 지금의 아빠는 어떻게 살고 있을까?'

라는 생각을 잠시 했다.

며칠 뒤에 큰일이 벌어졌다. 아버지가 늦게까지 오지 않자, 어머니는 아버지께 전화하고 아버지는 잔뜩 취한 채로 전화를 받았다. 어머니는 전화하면서 짜증스러운 말투를 해가며 아버지와 대화를 하였다. 전화를 끊은 뒤에는 표정이 일그러져 있었다. 그리고 조금 있다가 아버지가 잔뜩 취한 채로 집에 들어왔다. 어머니와 그렇게 큰 약속을 하고도 무슨 생각으로 그렇게 술을 마셨는지는 모르겠지만 딱히 걱정될 그런 일이 있어 보였던 것은 아녔다. 아버지는 베란다에 옷을 던져놓고 대충 씻은 뒤에 방으로 들어갔다. 잔뜩 화가 나 보였던 어머니도 따라 들어갔다. 문을 닫고 있어서였는지 어머니와 아버지의 대화가 잘 들리지 않았다. 그러다가 분위기가 고조되었다. 아버지가 소리치는 것이 내 귀에 똑똑히 들렸다.

"술을 끊으라고 하지, 왜 끊으라고 하지 않느냐?"

"내가 끊겠다는데 왜 그러냐."

라고 말하며 방귀 뀐 놈이 성을 낸 꼴이었다. 근데 솔직히 나도 의문이었다. 아버지가 술을 끊겠다는데 어머니는 거기에다가 술은 끊지 말고 조금씩 술을 마시라고 하였다. 술만 끊으면 반은 해결될 것 같은 문제를 말이다. 아마 내 생각엔 아버지가 절제할 수 있도록 어

머니가 도와주는 것 같았다. 그렇게 아버지가 일방적으로 소리치다가 가만히 듣고 있었는지는 모르겠지만 잠잠했던 어머니가 한소리 하셨다. 어머니는 3살 많은 아버지에게 반말을 쓰면서 울분을 토해 냈다.

"야! 네 아내가 원한다잖아. 네 아내가!"

어머니의 그 한 소리 덕분에 아버지가 술에서 깨서 정신을 차렸는지 한마디도 하지 않았고, 몇 분 뒤에 어머니가 한숨을 쉬면서 문을 꽝 닫고 나왔다. 어머니는 아주 화난 표정을 하고 있었다. 난 어머니의 그 표정을 보고는 어머니의 눈을 마주칠 수 없을 것 같았고, 어머니에게 말을 걸을 수도 없을 것 같았다. 한편으론 어머니를 위로해드리고 싶었지만, 그러지 못했다. 그때의 내가 어머니를 위로해드렸다면 어땠을까 지금도 후회하고 있다. 어머니는 아버지와의 다툼 후에 방을 나온 뒤로 아무 말도 하지 않고 TV를 보다가 혼자 거실에서 잠을 청했다. 그리고 무슨 일이라도 일어날 것 같았던 조마조마한 하루가 지나갔다.

다음 날이 됐는데 어머니는 아무 일도 없었던 것처럼 아버지와 얘기를 하고 있었고, 나를 깨우면서 밥을 차리고 계셨다. 나는 안도의 한숨을 쉬었지만, 마음 한구석 어딘가에는 언제 터질지 모르는 어머니와 아버지에 대해 불안함이 자리 잡고 있었다. 하루하루 약간의 불안감을 안고 생활하다 보니 나도 모르게 거기에 적응하고 있었다.

날이 지나고 어머니와 아버지는 약간의 다툼이 있었지만 나는 절대 이혼까지는 가지 못할 것이라는 확신 아닌 확신으로 점점 적응해 나갔다. 그러다 점점 어머니와 아버지의 다툼은 그 빈도가 점점 줄어들게 되었고, 아버지와 어머니가 같이 일을 하던 탓인지는 모르겠지만 예전처럼 둘이서 밥도 같이 먹으러 가면서 사이가 나아지기 시작했다. 전에는 가족끼리 밥도 먹으러 가지 못할 정도였는데, 이 정도면 굉장히 발전했다고 본다. 나는 완전히 나아지는 것이 가장 좋은 루트라고도 생각하지만, 만약에 사이가 다시 나빠지는 것보단 차라리 지금 이대로 웃으면서 평생을 살고 싶다는 생각이 들었다. 무엇이든지 유지가 가장 힘든 것인데, 이러한 상황을 조금씩만 극복해 내가면, 앞으로 우리 가정은 더욱 화목한 가정이 될 수 있다고 본다.

그렇게 하루하루가 가고 내가 원하는 대로 상황은 흘러가고 있었다. 예전처럼 우리 가족의 자리를 찾아갔다. 우리 가족은 예전처럼 4명 모두가 함께 외식하러 나갔고 많은 얘기를 나누었다. 외식 메뉴는 고기였다. '소담'이라는 아는 성당 지인분이 하시는 고깃집에 갔는데, 처음에는 미친 듯이 먹기만 먹다가 고기 판을 싹 비우고 공깃밥에 된장까지 클리어한 뒤에 배가 찼을 때 예전처럼 얘기를 나누었다. 전처럼 내 학교생활 얘기도 하고 형의 대학 생활 얘기, 아버지의 군대 얘기와 학생 때 날아다녔다는 얘기, 나의 과거에 귀여웠던 추억들 그리고 미래에 대한 수많은 얘기……. 웃음이 끊이지 않는 외식이었다.

그리고 우리는 가족티를 샀다. 알록달록한 색으로 남의 눈에 잘 띄는 색이었다. 한마디로 다채로웠다. 이런 일은 이번이 처음은 아니었다. 내가 초등학생 때, 4명의 가족이 왼쪽 가슴팍에 악어가 달린 주황색 카라티를 입고 제주도로 간 적이 있다. 이것을 사면서 실감했다. 그때는 가족끼리 티를 맞춘다는 것이 당연한 건 줄 알았는데, 이렇게 행복하다는 것을. 이런 상황이 정말 계속 가기만 한다면 더는 소원이 없었다. 일상에서 나오는 행복감이 이렇게 좋은 것인 줄을 오랜만에 느꼈다.

또한, 신앙생활에 충실하셨던 어머니가 힘든 시기에 냉담을 하신다고 하였고, 조금 안정이 되면 성당에 다시 나가겠다고 하였었는데, 어머니가 드디어 다시 성당에 가게 되었고, 가족 모두 함께 미사를 보았다. 주님의 기도를 노래할 때 함께 손을 잡을 때가 얼마나 좋았었는지 감히 말로 형용할 수 없을 정도였다.

마지막으로 우리 가족은 형이 군대 가기 얼마 전에 남해로 놀러 갔다. 그곳에서 저녁에 어머니와 아버지, 그리고 형은 술을 마시고 앉아서 이야기했다. 그 자리에서 요즘 어머니와 아버지는 요즘 상담을 하고 있다고 했다. 상담소에서 말해준 어머니와 아버지의 성격을 얘기해주었는데 딱 들어맞았다. 그리고 어떻게 상담을 하고 있는지도 얘기해주었는데 둘의 사이가 더 좋아질 것 같았다.

이렇게 우리 가족은 나날이 성장해왔고, 내가 생각하기에 이제는 어떠한 시련이 와도 버틸 준비가 되어있을 정도였다. 우리 사회에서 태어나 가장 먼저 마주하는 공동체가 바로 가족이 아닌가? 가족은 개개인 한 명을 뜻하는 것이 아니라 그 개개인이 모여서 이룬, 서로서로 통할 수 있는 그런 경이로운 것이다. 그런 가족이 뒤에 있다고 생각하면 나는 두려울 것이 없다. 앞으로도 어머니와 아버지가 행복한 시간을 보냈으면 좋겠고, 형도 의경 복무를 잘 마치고 돌아왔으면 좋겠다. 형이 군대에서 돌아온 그 시점에는 다시 초기의 행복했던 우리 가족의 모습을 되찾을 것이다. 이렇게 희망하는 것도 있지만 확신하는 것도 있다. 그리고 이러한 확신이 사실이 될 때까지 우리 가족은 열심히 헤쳐나갈 것이다.

나의 위인(偉人), 할아버지를 떠올리며

나의 위인(偉人), 할아버지를 떠올리며

박 규 천

내 출생, 첫 생일, 첫걸음, 첫 입학, 첫 졸업, 그리고 중학교 졸업까지 나는 모든 유년 시절을 함께한 분이 있다. 지금은 내 가슴속에 남아있는 정신적 지주와 같은 분이다. 그분은 나의 할아버지이시다. 그분을 떠나보낸 지 1년이라는 시간이 넘어가지만 나는 그분을 아직 가슴속에 떠나보내지 못한 것 같다. 그래서 나는 한편의 글로 조금이나마 그분을 떠올려 보려 한다.

먼저 할아버지는 성실함의 아이콘이었던 것 같다. 아버지 말씀에 따르면 어린 시절 가정 형편이 많이 힘들었다고 하셨다. 할아버지와 할머니는 장사를 하며 생계를 유지하셨다. 옷 장사, 문구점, 야채 가게 등 안 해본 장사가 없이 계속 떠돌아다니시며 간간히 생계를 유지하셨다. 예전 할머니께서 하신 말씀이 기억에 남는다.

"우리 영감하고 나는 국수 10원치 사서 끼니를 때우며 돈을 모았는데 그 돈 다 써보지 못하고 가네……."

할아버지가 아프셔서 입원했을 때 할아버지를 뵙고 돌아가는 길에 할머니가 하신 말이었다. 나는 그 말을 듣고 눈물이 떨어졌다. 할아버지가 병원에 누워계실 때 젊을 때 죽어라 번 돈을 써보지도 못하고 병원비로만 지출하는 할머니, 할아버지의 현실이 너무 가슴 아팠다. 또, 한편으로는 가족을 위해 끼니를 대충대충 드시며 일하셨을 두 분이 너무 안쓰러웠다. 그리고 이후 할아버지는 가족을 위해 공무원 시험을 쳐서 공무원이 되셨다. 아버지 말로는 그때부터 생계가 안정적으로 유지됐다고 한다. 할아버지는 공무원을 정년 퇴임하시고도 쉬지 않고 일하셨다. 할아버지께서는 정년퇴임 이후에도 경비일 등을 하면 열심히 일하셨고, 청도로 내려가 예전 조상님들의 땅에 농사를 지으시면서 가족들이 먹을 각종 채소, 과일, 감 등을 키우셨다.

종종 초등학교, 중학교 때 아버지를 따라 할아버지가 계시는 시골에 간 경험이 많다. 그때가 되면 할아버지는 항상 열심히 일하고 계셨고, 항상 손자를 위해 닭백숙을 삶아 주시거나 용돈을 주시는 등 말로는 사랑을 잘 표현하지 않으시지만 행동으로 나에게 사랑을 베풀어 주셨다. 나는 그러한 할아버지의 부지런하신 모습을 보면서 항상 존경심을 가졌고, 나 또한 할아버지같이 부지런한 사람이 되어야겠다는 생각을 많이 가졌던 것 같다. 그래서였을까 어릴 때 학교에서 작성하는 존경하는 인물에는 일 초의 고민도 없이 '할아버지'를 썼던 것 같다. 이러한 할아버지를 보고 큰 나는 할아버지의 영향을 많이 받아서인지 잘하지는 못해도 모든 것에 내 최선을 다해 성실히 부지런히 임했던 것 같다.

또, 할아버지는 나를 특히 더 아끼신 분이셨다. 어머니의 말씀에 따르면 우리 집이 장손 집안이라 어머니께서 나를 낳으셨을 때 할아버지가 참 좋아하셨다고 하신다. 나의 중학교 시절, 할아버지께서는 가끔 주말에 친구분들과 약주를 마시고 우리 집에 오셨다. 그때면 평소 무뚝뚝하시던 할아버지가 애정표현도 쑥 스스럼없이 하시고 많은 얘기를 나누었다. 그 당시에는 저녁에 갑자기 오셔서 깜짝 놀라기도 하였는데, 지금 생각해보면 돌아갈 수 있다면 그때로 돌아가고 싶다. 집에서 얘기를 하고 있으면 항상 할머니의 불같은 전화가 오셨다.

"애들 집에 있지 말고 빨리 와요."

항상 할머니는 할아버지를 그렇게 재촉했다. 그러면 할아버지는 조금 더 있고 싶어 거짓말하셨다.

"지금 버스 내려서 올라가고 있다."

할아버지의 인간다운 모습을 많이 엿볼 수 있었다. 그렇게 이야기가 끝나고 할아버지를 모시고 집에 데려다 드릴 때 항상 할아버지께서 이런 말씀을 하셨다.

"내가 갈 때 가더라도 규천이 대학가는 것은 보고 갈 거야."

그러면 나는 할아버지께

"결혼하는 것까지 보실 수 있을 거예요."

라며 대답한 것이 기억난다. 야속하게도 그 약속은 이루어지지 않았다. 그리고 신호등 2개만 건너면 되는 짧은 그 길, 할아버지와 얘기하면서 걷던 그 길은 아직도 너무 그립다.

마지막으로 할아버지는 어디 가나 인정받는 분이셨다. 할아버지를 따라 집안 모임에 가거나 제사 등에 참여하면 친척들은 나에게

'너는 할아버지 닮아서 훌륭한 사람 되겠다.'

이러한 말을 들은 기억이 많다. 나는 이러한 할아버지의 평가가 그냥 온 것이 아니라고 생각한다. 할아버지는 집안에서도 인정받는 분이셨고, 대표로서 집안을 잘 이끌어 가셨다. 또한, 할아버지는 집안 행사가 있으면 항상 약속시간 1시간 전에 도착하여 손님들을 맞이하셨고, 가족 중 힘든 친척이 있으면 자신 일이듯 앞장서서 도와주셨

다. 나는 이러한 할아버지의 배려와 희생이 있었기에 집안에서 인정받는 분이 될 수 있었던 것 같다. 그래서였을까 나는 그러한 할아버지의 손자라는 생각에 항상 자부심이 있었고, 그래서인지 어릴 때부터 항상 행동을 조심하고 어른스럽게 행동했던 것 같다. 사촌들이 제사에 참여하지 않을 때 나는 항상 할아버지 뒤에 서서 제사를 참여하였다. 어릴 때 나는 결혼을 하지 않아 가운데에서 술을 받을 기회가 없어서 나는 제사의 처음과 끝에만 절을 하고 계속 서 있어야 했다. 당시 어린 나는 항상 다리가 아파 고통스러운 시간을 가졌다. 그래도 나는 할아버지의 손자라는 생각에 또, 할아버지의 명성에 해가 되지 않는 그러한 손자가 되고 싶어 바른 자세로 서 있던 기억이 난다. 아버지가

'할아버지는 정말 대단하신 분이다. 한 집안의 대표가 된다는 것은 절대 쉬운 일이 아니야, 할아버지는 그러한 대표가 돼서 우리 집안을 이만큼이나 끌고 오신 대단하신 분이다.'

이러한 말을 하신 기억이 난다. 어릴 때는 아무런 감흥이 없었지만, 지금 생각하면 조금이나마 이해할 수 있을 것 같다. 요즘 흔히 '콩가루 집안'이라는 말이 있듯이 많은 가족들이 핵가족화가 되면서 집안의 개념이 사라지고, 집안 행사가 많이 사라지면서 친척들끼리의 왕래가 줄어들고 있는 추세이다. 또, 서로 사이가 틀어져 만나지 않는 등의 경우도 많다. 하지만 우리 집안의 경우에는 여전히 가족 행사를 하면서, 서로 왕래하는 관계를 가진다. 나는 할아버지가 없었더라면 과연 다양한 지역에 흩어져 살고 있는 우리 집안의 사람들이 지금까지 모일까하는 생각이 든다.

할아버지와 함께했던 기억 중 가장 기억나는 사건으로는 처음 중학교 입학식 때가 기억난다. 우리 부모님은 맞벌이를 하셔서 입학식에 참여하실 수 없었다. 그래서 나는 당연히 입학식에 아무도 안 올 줄

알고 있었다. 그런데 많은 엄마들 사이의 학부모 석에 많이 보던 얼굴이 있었다. 할아버지셨다. 할아버지는 웃으시면서 손을 흔들고 계셨다. 너무 고마웠다. 나 기죽지 말라고 할아버지는 오셔서 나를 지켜봐 주셨다. 딱히 별 것 해주신 것은 없었지만 그냥 옆에 있다는 존재가 너무 힘이 되었고 감사했다. 이외에도 할아버지는 매 순간 내 옆에 있어 주신 것 같다. 유치원 재롱잔치부터 모든 졸업, 입학식 때는 할아버지가 있었다. 내가 초등학교 졸업식 날 상을 받을 때는 할아버지께서는 참 좋아하셨고 흐뭇해하셨다. 또, 내가 상을 받아 학교에 팻말이 걸리시면 할아버지는 일부러 학교를 들러서 그것을 찍어 가시기도 하셨다. 할아버지는 성격상 감정을 잘 드러내시지는 않으시는 분이다. 하지만 할아버지는 내가 무언가를 하고 있으면 뒤에서 미소를 보내 주시던 분이셨고 나는 그의 사랑을 충분히 느낄 수 있었다. 내 기억에 남아있는 거의 모든 좋은 일에는 항상 할아버지가 있는 것 같다.

한 날, 할아버지께서 감나무에서 감을 따시다가 떨어지셨다는 소리를 들었다. 그때 우리 가족들은 모두 놀랐고 다행히 병원에 가서 치료를 했다. 그런데 할아버지께서 오른쪽 손에 힘이 들어오시지 않는다고 하셨다. 그때는 조금 있다가 괜찮아질 거라 할아버지도 생각하셨고 우리 가족도 그렇게 생각하였다. 쉬라는 가족들의 말에도 할아버지는 어김없이 시골로 내려가 잘 쓰시지도 못하는 왼손으로 감을 따셨다. 가족들이 몇 번을 쉬라고 하셔도 할아버지는 화를 내시며 감을 따셨다. 솔직히 그러한 할아버지를 보고 있으면 너무 무리하시는 것 같다는 생각이 가끔 들기도 했지만, 아무도 할아버지를 말릴 수가 없었다. 지금 생각해보면 할아버지가 조금은 일 욕심을 버리시고 자신만을 시간을 가지셨으면 하는 생각이 든다. 그러한 생각을 가진 이유는 차차 이야기하려 한다.

그날은 집안 제삿날이었다. 나는 그때 학원에 있었고 학원에 마치고 할아버지를 뵐 생각에 빠르게 할아버지 집으로 향했다. 많은 친척께 인사를 드렸다. 그런데 할아버지의 모습이 보이지 않았다. 나는 어머니께 물었다.

"엄마, 할아버지 어디 가셨어요?"

어머니께서는 나에게 말했다.

"할아버지가 아프셔서 잠시 병원에 갔어."

나는 조금 걱정이 되었지만 심한 병은 아닐 것으로 생각했다. 하지만 시간을 가고 할아버지는 그날 집에 돌아오시지 못하셨다. 그래서 급한 대로 할아버지가 없는 상황에서 제사를 지냈다. 나는 많은 제사에 참여해왔지만, 할아버지가 가운데에 서지 않는 제사는 처음이었다. 할아버지께서 없으신 제사는 중심이 서지 못하였고, 순서상 실수도 자주 발생하였다. 그 순간 나는 집안의 가장이신 할아버지의 부재가 느껴졌다. 제사가 마치고도 할아버지는 병원에서 돌아오시지 않으셨고 제사가 끝나고 친척들과 가족들은 급히 할아버지가 계시는 병원에 가셨다. 나는 그때 할아버지 집에서 동생들을 봐야 해서 갈 수 없었다.

마음속으로 기도했다. '별일이 아닐 거야. 아니게 해주세요.' 가족들이 다시 할아버지를 모시고 집에 오셨다. 할아버지는 얼굴에 혈색이 없으시고 매우 힘들어 보이셨다. 할아버지는 나의 인사도 받지 않으신 채 방에 들어가 바로 누우셨다. 어머니 말로는 정밀한 검사를 받기 위해 다시 병원에 가야 한다고 이야기하셨다. 할아버지께서는 아주 힘들어 보이셨다. 나의 인사도 받을 힘조차 없이 방에 들어가시는 할아버지의 모습을 보면서 이제 할아버지가 예전 같지 않다는 것을 직감했다. 이후 할아버지는 병원에 가서 검사를 받게 되었고 그렇게 내가 들은 할아버지의 병명은 근육 경화증 즉, 루게릭병이었다.

나는 할아버지의 검사 결과 소식을 어머니께 듣고는 몇 분간 아무 말도 못 하고 거실에 멍하니 생각에 잠겼다. 아무 생각도 들지 않았다. 나는 전에 루게릭병에 대해 알고 있던 것들이 있었다. 이 병은 불치병이고 근육이 점점 굳어가면서 나중에는 몸을 아예 움직일 수 없게 되는 정말 끔찍한 병인 것을 알고 있었다. 하늘이 원망스러웠다. 할아버지께서 아무런 잘못 없이 평생을 가족을 위해 일하셨고, 이제야 조금 편하게 하고 싶으신 일을 할 시기인데 루게릭이라니……. 정말이고 할아버지가 너무 안쓰러웠고, 하늘이 너무나 원망스러웠다. 나는 현실을 받아들일 수 없었고 차라리 꿈이길 바랐다. 하지만 그것은 현실이었고, 그 병의 특징상 점점 병이 악화되기 시작하였다.

할아버지는 혀가 먼저 마비되어 가셨다. 그 병 특성상 근육이 마비되어 말을 못 하게 되고 음식의 섭취가 어려워지게 된다. 점차 근육이 마비되어가 하체부터 사용할 수 없고 상체들도 마비되어 가는 병이다. 할아버지께서도 말이 어눌해지시기 시작하셨다. 내가 할아버지를 찾아뵈었을 때 할아버지께서는 말씀을 해주셨는데, 쉽게 알아들을 수 없었다. 나는 할아버지께 말했다.

"할아버지 죄송하지만 한 번만 더 이야기 해주시겠어요?"

그렇게 한 두세 번은 물은 것 같다. 하지만 나는 할아버지의 이야기를 이해할 수 없었고 그래도 할아버지 옆에 오래 계셔서 말을 잘 알아들으시는 할머니께 부탁하여 할아버지의 말을 전달받았다. 지금은 기억나지 않지만, 그 말은 단순한 말이었던 것 같다. 그 말을 듣고 돌아서는데 눈물이 났다. 점차 이러한 일이 계속되다 보니 할아버지도 말을 아끼시고 그러면서 서로 대화가 많이 줄었다. 그 이후에는 영 알아들을 수 없는 말은 종이에 써서 의사소통한 적이 많았던 것 같다. 가끔 할아버지 집에 놀러 가면 할아버지는 나에게 하고 싶으신 말을 기억해 두셨다가 종이에 적어주셨는데 가장 기억에 남는 문구는 '수학을 포기하면 대학을 포기하는 것이지만, 영어를 포기하면

인생을 포기한다.'라는 문구였다. 나는 할아버지가 적어주셨던 그 문구가 아직도 생생하게 기억난다. 그렇게 멋진 문구도, 나에 가치관에 영향을 준 문구도 아니었지만, 그 문구에는 할아버지에 나에게 가지고 있으신 관심과 걱정이 들어있었던 것 같다.

나는 어릴 때는 할아버지랑 이야기를 많이 하는 사이였지만 점차 커 가면서 나는 조금 과묵한 성격으로 성장해온 것 같다. 그리고 할아버지께서도 평소 많이 말하지 않고 필요한 말만 하시는 성격이어서 서로 점차 말이 줄었던 것 같다. 나는 막상 할아버지가 말씀을 잘 못 하시는 상황이 되니 그때 함께 많은 이야기를 나누지 않은 나의 소극적인 모습이 많이 후회되었다. 그때 내가 조금 더 적극적으로 먼저 말을 걸었더라면 할아버지와 함께 나눈 대화가 더 많고, 함께 공감한 생각이 더 많지 않았을까하는 생각이 들어 아주 후회스러웠다.

그렇게 할아버지는 점점 몸이 굳어가셨지만, 그래도 걸어 다닐 수 있으셨고, 조금의 말은 할 수 있어 가족들은 조금이나마 안심하며 지냈다. 그러던 중 할아버지께서 폐렴이 오셔서 경북대학병원에 입원하셨다. 할아버지께서는 몸이 많이 약해지신 상태여서 면역력이 떨어져 있어 가족들이 많이 걱정하였다. 그러던 중 할머니의 급한 전화가 아버지께 들려 오셨다. 아버지는 전화통화를 급히 끊은 후 떨리는 목소리로 가족들에게 떨리는 목소리로 소리를 지르셨다.

"지윤(누나 이름)이 엄마, 빨리 옷 입어라. 아버지 위급하시단다."

어머니께서도 깜짝 놀라 누나와 나에게 옷을 입게 하셨다. 우리 가족은 급히 차를 타고 병원으로 향했다. 아버지의 목소리는 매우 경직되어 있었고, 운전하시던 중 눈물을 흘리셨다. 나는 아버지가 우는 것을 처음 보았다. 운전대를 잡고 운전해야 하는 아버지가 너무 안쓰러웠다. 어머니는

"괜찮을 거다. 아버지 정신력이 좋으신 분이다. 이렇게 돌아가실 리

없다.”

라며 아버지의 정신력을 잡아주셨다. 그렇게 우리는 비상등을 켜고 병원으로 급히 달려갔다. 병원에 도착하였을 때, 나는 누구보다 먼저 내려 병원 엘리베이터를 잡았다. 엘리베이터가 오지 않아 기다리는 시간조차 애석하였다. 우리 가족과 고모들은 중환자실에 도착하였다. 할머니는 거의 혼이 나간 상태이셨고 할아버지는 의사들과 간호사들 사이에 둘러싸여 계셨고, 이미 숨이 멈춘 상태여서 전기충격을 주어 심장을 다시 뛰게 하고 있었다. 그때 의사가 나의 아버지께 오셔서 인공호흡기부착 여부에 관해 물으셨다.

한번 인공호흡기를 부착하면 다시는 인공호흡기를 제거할 수 없고, 자신의 의지와 관계없이 생명 활동을 유지해야만 한다. 그때 당시에는 사람을 살리고 봐야 하는 문제라고 판단하여 가족들은 동의했다. 다행히 할아버지의 생명이 돌아왔고, 산소 호흡기를 다신 할아버지는 빠르게 중환자실로 옮겨졌다. 나는 그때 병원 복도를 빠져나가는 할아버지의 모습을 보았다. 할아버지는 눈을 감고 계셨고, 매우 말라 계셨다. 나는 할아버지께서 식사를 잘 못 하신다는 것은 어느 정도 전해 들었지만, 그 정도로 할아버지께서 야위었는지는 상상도 하지 못하였고, 그때 할아버지의 벗겨진 야윈 상체의 모습은 아직도 내 눈앞에 생생하다.

가족들은 병원 복도에서 할아버지를 보며 울었다. 나는 그때 더이상 할아버지를 볼 수 없을 것 같다는 생각에 최대한 할아버지의 모습을 머릿속에 남기려 했다. 내가 본 마지막 할아버지의 모습이 의식이 없이 침대에 누워 중환자실로 이동하시고 계시는 그 모습이 아니기를 바라며 몇 번이고 기도했다. 가족들은 할아버지께서 의식이 돌아오기를 바라며 중환자실 앞에서 몇 시간 동안 있었다. 결국, 그날 할아버지께서 의식이 돌아오시지 않았고, 센 약을 사용하여 내일이 되어야 깨어나시니 깨어나면 바로 연락을 드리겠다는 의사의 이야기를 듣고 집으로 돌아갔다.

나는 다음날 어쩔 수 없이 학교에 가 있었다. 학교에 있으면서도 그 때는 할아버지 생각밖에 나지 않았고, 그냥 빨리 집에 가 소식을 듣고 싶을 뿐이었다. 학교 수업을 마치고 나는 평소 매일 남아서 하던 농구도 하지 않고 곧바로 집으로 뛰어갔다. 집에 가니 어머니께서 나에게 말했다.

"오전에 할머니하고 병원에 가서 할아버지 뵙고 왔어. 할아버지 의식이 돌아오셨다."

그 말을 듣고 나는 누구보다도 기뻤다. 나에게 할아버지에 대한 후회가 없도록 하늘에서 주신 기회 같다는 생각이 들었다. 어머니께서는 할아버지를 뵈러 주말에 가라고 이야기하셨다.

다음날 주말이 되었고 나는 고모와 할머니, 아버지와 함께 할아버지를 뵈러 갔다. 그곳은 중환자실이어서 면회시간도 아주 제한적이었고, 위생관리도 아주 철저했다. 나는 고모와 할머니가 들어간 이후에 들어가 할아버지를 뵀다. 나는 들어가기 전 할머니와 고모와 '울지 말자, 우리가 흔들리는 모습을 보여주면 안 된다.' 이러한 약속을 하고 들어갔다. 하지만 그 약속을 지킬 수가 없었다. 나는 할아버지의 눈을 보고 바로 내 눈에서 큰 눈물방울이 내 얼굴을 타고 내려왔다. 곧이어 할아버지의 눈에서도 눈물이 떨어졌다. 나는 할아버지께 인사를 드리고 할아버지가 나에게 손을 내밀었다.

어릴 때 이후로 할아버지와 자주 손을 잡아 본 적이 없어서 나는 어색했지만 할아버지의 손을 잡았다. 나의 눈물을 그칠 줄을 모르고 얼굴을 따라 계속 흘러내렸다. 내가 받은 것에 비해 내가 할아버지께 해드린 것은 아무것도 없다는 생각과 할아버지를 다시 볼 수 있다는 다행스러움이 공존하여 눈물이 흘러내린 눈물이었던 같다. 내가 할아버지의 얼굴을 바라보았을 때 할아버지의 눈시울도 많이 붉어져 있었고, 나와 할아버지 우리 둘은 5분 정도 손을 잡고 있었다. 면회 종료 시간이 다가왔다.

“할아버지 다음에 또 올게요. 힘내셔야 해요.”

라는 말을 전하고 면회실로 빠져나왔다. 나는 그 이후에도 경북대병원에 면회를 2~3번 정도 갔던 것 같다. 그리고 할아버지의 상태가 많이 호전되어 경북대병원에서 나와 인근의 요양병원으로 자리를 옮겼다.

투병 생활을 하는 과정은 매우 많은 어려움이 있었다. 먼저, 할아버지는 집에 가고 싶어 하셨다. 하지만 할아버지는 산소 호흡기를 달고 계셔서 사실상 집으로 돌아가기는 어려운 상태였다. 또, 할아버지의 몸 상태는 많이 약해져서 자칫하면 병에 걸릴 수 있어 병원의 계속되는 관리가 필요하고, 목에 끼는 가래를 빼주는 작업을 주기적으로 해야 해서 집으로 돌아가기는 많이 힘든 현실이었다. 할머니는 계속해서 조금만 있다가 집에 가자고 할아버지를 부추겼다. 가족들도 계속해서 할아버지를 모셔올 시도를 하였지만, 할아버지가 위험할 수도 있다는 생각에 선불리 실행에 옮기지 못하였다. 그렇게 시간이 갔고 할아버지는 어느 정도 현실을 인지하신 듯 집에 돌아가시는 것을 포기하셨다. 가족들은 이 부분에서 많이 죄송스러워하셨다. 다음으로는 병원 문제였다. 할아버지께서는 인공호흡기를 달고 계시는 중증환자여서 받아주는 병원이 많이 없었다. 받아준다 하더라도 3개월 이상 중환자실에 있는 것이 불가능하였다.

우리 부모님과 고모들은 주말이 되면 대구에 있는 병원을 찾아다니며 입원할 수 있는지를 알아보러 다니셨다. 혹여나 병원을 알아내도 그 병원에는 인원이 다 차서 대기해야 하는 상황이 대부분이었다. 또, 비용문제도 있었다. 할아버지께서 저축해놓은 돈이 있어 어느 정도 해결할 수 있었지만, 투병 기간이 길어지시면서 비용문제가 만만치 않았다. 할아버지의 병원비는 한 달에 거의 200만 원 정도 나왔다. 여러 어려움이 있었지만, 우리 가족은 그때마다 힘을 합쳐 문제를 해결하려 노력했고, 매주 주말이 되면 찾아가 할아버지를 뵈러 갔다. 나도 항상 주말이 되면 할아버지를 찾아뵈러 갔고 할아버지는 항상 나의 손을 잡아주셨다. 내가 잡은 할아버지의 손은 혀가 마비되어 말할 수 없는 할아버지의 입을 대신해 나에게 사랑을 표현하는 수단이었다.

지금 생각해보면 할머니께서 참 힘드셨던 것 같다. 할머니는 단 하루도 빠짐없이 아침 9시에 할아버지의 병원에 가서 할아버지를 닦이고, 옆에 계시다가 오후 5~6시가 되시면 돌아오셨다. 이러한 것을 할머니는 할아버지가 돌아가실 때까지 하루도 빠짐없이 해오셨다. 고모들이 '엄마, 오늘은 내가 갈게'라며 쉬라고 해도 할머니는 비가 오나 눈이 오나 시간이 되면 할아버지를 보러 가셨고, 집안 이야기, 시골 이야기 등을 할아버지께 이야기하셨다. 할아버지는 가끔 할머니에게 화내시기도 하셨지만, 할머니는 단 한 번도 화내시지 않고 '뭐가 불만이에요?' 하며 할아버지에게 귀를 기울이셨다. 할머니는 할아버지가 무엇을 원하시는지 바로바로 파악해서 그것을 해주었다. 어려운 시절을 함께한 두 분의 정은 매우 끈끈했고 정말 이런 것이 사랑이 아닐까 하는 생각이 들었다. 아무리 그래도 가장 힘든 사람은 당연히 할아버지였을 것이다. 하지만 할머니의 그러한 사랑과 배려가 있었기에 조금이나마 할아버지가 편하게 투병 생활을 하실 수 있었던 것 같다.

그렇게 투병 생활이 1년이 다 되어 가던 중 1월이었다. 그날은 주말이어서 나는 아버지를 따라 병원에 가려 했다. 나는 잠에서 깼고, 그때 갑작스럽게 아버지의 전화기가 울렸다. 아버지는 아침 일찍 걸려

온 전화에 급한 소식임을 인지하고 전화를 빨리 받았다. 그 소식이 아니기를 바랐지만, 그 소식이었다. 할아버지께서 돌아가셔서 병원에서 빨리 오라는 전화였다. 너무 갑작스러운 소식에 나는 한동안 아무 말도 하지 못하고 한동안 그 자리에 있었다. 꿈이었다면 좋겠다는 생각뿐이었던 것 같다. 그렇게 가만히 한동안 방에서 슬픔에 잠겨 있던 나를 데리고 어머니께서는 빠르게 할아버지의 장례식장으로 향했다.

벌써 많은 친척이 와 계셨고 할아버지의 영정사진이 올라와 있었다. 장례식장에서 할아버지 영정사진을 보았을 때 이제야 실감이 났다. 가족들과 친척들은 이미 눈시울이 붉어져 계셨다. 나는 팔에 노란 띠를 두르고 장손으로서 장례식장에 참가했다. 한 번도 장례식장에 가본 적 없는 나여서 어안이 벙벙했지만, 할아버지의 마지막 가시는 길에 든든한 손자의 모습을 보여주고 싶었다. 할아버지께서 폐렴에 걸리신 것도 아니고 갑작스럽게 돌아가셔서 하루라도 빨리 뵈고 왔어야 했는데 라는 후회가 들었고 할아버지가 돌아가실 때 임종을 함께하지 못해 가족들은 많이 자책하였다. 그래도 가족들은 할아버지가 아프신 상태에서 돌아가신 것이 아니라 편하게 주무시다 돌아가셨던 것에 위안으로 삼았다.

장례식장에서 손님들을 마주하면서 점점 할아버지의 죽음이 실감이 났다. 할아버지와 함께한 추억들이 내 머릿속을 떠다녔다. 내 유년 시절에 항상 나의 든든한 본보기셨고, 나는 부지런하시고, 집안을 이끌어 가시고 인정받는 헌신적이고 리더십이 있는 할아버지의 모습이 항상 존경스러웠고 자랑스러웠다. 겉으로는 감정표현을 하지 않으시지만, 항상 나를 아껴주시던 모습이 많이 생각난다. 한편으로는 몇 년 동안 할아버지의 땀으로 장만한 할아버지의 집에 한 번도 발들이지 못하고 돌아가시는 할아버지가 너무나 안 되셨다는 생각이 들었다.

2일 동안 조문객들이 많이 와 주셨다. 그만큼 할아버지를 기억하는 사람이 많다는 것을 뜻하는 것 같다. 3일째가 되었을 때 할아버지는 장례식장에 나와 화장터로 향했다. 나는 할아버지의 영정을 챙기고 제일 앞자리로 향했다. 할아버지의 건강하실 때 찍은 영정사진의 얼굴을 보니 나도 모르게 다시 눈물이 났다. 그리고 곁에서 그의 고통을 1년 동안 지켜봤기에 이제는 편히 쉬셨으면 하는 생각이 들었다. 그렇게 할아버지의 영정사진을 내 가슴 깊이 안았다. 화장터로 향하기 전 할아버지의 집을 향했다. 많이 울컥했다.

할아버지가 투병 생활을 하실 때 제일 오고 싶으셨던 곳이었고 올 수 없던 곳이었다. 그곳은 할아버지와 함께했던 추억이 아주 많았던 곳이기도 했다. 현관을 들어서 거실로 향했다. 그곳은 우리는 모여 제사음식, 설날 음식을 준비하던 곳이었고 매월 가족들이 모여 시간을 보내던 곳이었다. 그리고 할아버지가 가장 많이 계시던 안방으로 향했다. 할아버지가 입원하시고 비워두었던 곳이었지만, 할아버지께 뜻깊은 공간이라는 생각에 집 안 구석구석을 할아버지가 볼 수 있도록 하였다. 할아버지의 정든 집 대문을 나와 할아버지의 영정사진을 들고 화장터로 향했다. 할아버지가 화장터로 들어가실 때 마음속으로 할아버지와 약속을 했다.

'절대 할아버지가 쌓아놓으신 명성에 부끄럼 없는 손자가 되겠습니다.'

나는 할아버지께 마지막 인사를 드렸다. 그리고 할아버지는 한 줌의 가루가 되어 나오셨고 할아버지의 가루를 함 속에 담아 들고 할아버지가 농사를 지으시던 청도 시골로 향했다. 소식을 들은 청도 이웃 주민분들도 나와 계셨다. 할아버지 묘는 고조, 증조할아버지의 밑에 마련되었다. 할아버지를 정말 보내드려야 할 시간이었다. 나는 마지막으로 할아버지의 영정사진을 품에 꼭 안고 할아버지를 보내드렸다.

나는 할아버지와 닮은 점이 참 많다. 손가락이 길다는 것과 양손을 잘 쓰는 것 등 나는 할아버지 닮았다는 말을 자주 듣기도 했다. 그러한 할아버지를 닮은 것이 나는 이유 없이 좋다. 내가 존경하는 사람을 닮는다는 것이 이러한 느낌인 것 같다. 그뿐만 아니라 그의 내면도 닮기 위해 노력해야겠다는 생각을 한다. 무엇보다도 어린 시절 이러한 좋은 영향을 줄 수 있는 할아버지라는 존재가 있었다는 것에 나는 참 운이 좋은 사람인 것 같다. 그리고 하늘에서 나를 지켜보고 계실 할아버지를 생각하며 부끄러운 손자가 되지 않도록 노력해나가고 있다. 최근에 할아버지가 꿈에 나오신 적이 있었다. 꿈에 나오신 할아버지는 내가 어린 시절 보던 건강하신 할아버지셨다. 할아버지는 아무 말 없이 나를 보고 웃고 계셨다. 다시 현실에서 만날 수는 없겠지만, 꿈에서나마 자주 할아버지를 뵙고 싶다. 그리고 할아버지가 불치병에 돌아가시는 것을 보면서 나는 불치병 환자들의 아픔을 조금이나마 느낄 수 있었다. 아무런 치료도 할 수 없이 죽음을 기다리는 불치병 환자들의 그러한 아픔을 조금이나마 해소시켜 줄 수 있도록 커서 인간이 정복하지 못한 병에 대한 치료법을 연구하는 그러한 사람이 되고자 하는 꿈과 목표가 생겼다. 그러면 할아버지가 하늘에서 나를 흐뭇하게 보고 계실 것 같다. 마지막으로 할아버지께 짧게나마 말을 전하며 이글을 마무리하고 싶다.

"할아버지, 저 손자 박규천입니다. 학교에서 공부하다 보면 할아버지 생각이 많이 납니다. 많이 흐트러진 저의 모습을 보면 할아버지를 생각하며 저를 다시 재정비하기도 합니다. 어린 시절 철없는 손자에게 많은 추억들을 선물해주셔서 정말 감사합니다. 할아버지와 함께 한 그 시간은 그 어떤 돈과도 바꿀 수 없는 제 마음속의 보물이 되었습니다. 할아버지의 명성과 희생 그리고 사랑에 얼룩을 남기지 않는 손자가 되도록 하겠습니다. 또, 할아버지와 한 훌륭한 사람이 되겠다는 그 약속 꼭 지키도록 하겠습니다. 하늘에서는 아프시지 마시고 건강하게 편히 쉬셨으면 좋겠습니다. 가끔 꿈에 나와서 얼굴도 볼 수 있었으면 좋겠네요. 그리고 자주 할아버지 뵈러 청도 가겠습니다. 할아버지 정말 감사드리고, 또 감정표현 잘 못 하는 무뚝뚝한 손자여서 정말 죄송합니다. 사랑합니다."

그럼에도 불구하고, 존경합니다.

그럼에도 불구하고, 존경합니다.

최 지 민

내가 떠올릴 수 있는 가장 과거의 시간, 언제였는지조차 알 수 없는 그 어린 시절의 흐릿한 기억 속에서도 어머니는 나에게만큼은 언제나 상냥하고 부드러운, 마치 봄날의 햇살과 같은 분이셨다. 그때 어머니의 따뜻한, 하지만 어딘가 슬픔이 여려 있는 그 미소를, 나는 언제까지고 잊을 수 없을 것이다.

2017년 12월의 비가 추적추적 내리는 어느 날이었다. 그날은 오랜만에 시간이 맞아 어머니와 외식을 하고, 실없는 농담을 주고받으며 집으로 들어왔다. 그날따라 엄마는 맥주를 많이 드셨고, 평소 술을 드시면 잘 웃으시던 어머니께서 잘 웃지도 않으셨다. 나는,

'밖에서 무슨 안 좋은 일이 있으셨나 보다. 괜히 물어보지 말아야지!'

하고 생각하며 들어오자마자 바로 불을 끄고 잠자리에 누웠고, 어머니께서도 뒤따라 잠자리에 드셨다. 그렇게 눈을 감고 잠에 빠지려

고 하던 찰나, 어머니께서 내게 물으셨다.

"우리 아들은 왜 엄마한테 이거 사 달라, 저거 사 달라 하는 말을 안 해? 사달라고 하면 엄마가 다 사줄 수 있는데……."

"딱히 갖고 싶은 게 없어서요."

"혹시 엄마가 부담될까 봐 말을 안 하는 건 아니지?"

"에이, 설마요."

잠시 침묵이 흐르고 어머니께서는 다시 말씀을 이어가셨다.

– 어릴 때, 울 아들이 기억도 못 할 만큼 어렸을 때, 처음 안산에 갔을 때 말이야. 엄마가 너랑 손을 잡고 슈퍼를 지나가고 있었어. 그때 네가 빵을 사달라고 했거든? 3개에 천 원 하는 카스텔라 빵을. 근데, 그때 엄마가 너무 힘들어서 아껴야겠다는 생각밖에 안 들어서, "엄마가 나중에 사줄게."하고 그냥 지나쳐 버렸던 적이 있어. 그때 그게 너무 미안해서 우리 아들 고작 천 원짜리 빵 하나 못 사준 게 너무 미안해서 아직도 마음에 담아 두고 있어.

이러고 있으니까 옛날 기억들이 새록새록 떠오르네. 엄마가 아빠랑 헤어지고 돈 한 푼 없이 딱 너만 데리고 네가 4살 때 안산으로 올라갔었어. 우리 가족이 살던 여느 집 부러울 것 없이 넓고 좋은 아파트는 압류딱지가 붙이고 아빠가 진 빚으로 엄마 수중에는 400만원밖에 남지 않았지.

어린 너를 맡아줄 수 있는 건 갓 시집간 안산 막내 이모밖에 없었어. 그래서 경남 양산에서 경기도 안산으로 아무 연고도 없이, 오직 어린 너 하나 따뜻하게 품어줄 수 있는 곳으로 갔었지. 2번의 유산 끝에 어렵게 3년을 기다려 얻은 아들이기에 엄마는 애지중지 너 하나만 보고 이겨내고 싶었다. 내 모든 걸 다 앗아간다하더라도 내 목숨이 다하는 날까지 허락된 날까지 너 하나 행복할 수 있다면 아무래도 괜찮았거든.

안산 외곽지에 조그만 원룸 전월세를 얻고 바로 반월공단 중소기업 관리부에 취업을 하고, 4살 된 어린 너를 이모한테 맡기고 생활전선에 뛰어들었다. 그다음부터는 뭐, 미친 듯이 살았지. 진짜 숨 쉴 틈도 없이 살았어.

추운 겨울 새벽 6시 30분부터 너 깨워서, 영하 15도에 눈 덮인 차에 태우면 어린 것이 사시나무 떨듯 달달 떠는 모습을 보면 마음이 너무 아팠어. 담요 하나 둘둘 감아 유치원 근처 이모 집에 내려다 주고 엄마는 다시 일하러 갔다가 저녁에 퇴근해서 이모 집으로 너 데리러 가고, 어릴 때는 너 이모가 다 키웠다 그치?

아침에 유치원 갔다가 이모집으로 귀가하고, 시간 남으면 또 근처에서 놀다가 들어가면 이모가 간식도 주고, 저녁때 되면 밥도 주고. 초등학생 때가 부모의 사랑을 가장 많이 받고 자라야 할 시기인데, 엄마는 쓰러진 가정경제를 다시 살려야겠다는 일념 하나로 야근도 불사하고 전투적으로 살아야만 했다.

항상 저녁 늦게 와서 말도 없고 까칠하게 대하고 짜증 내고 해서 미안해. 너무 큰 아이 다루듯 대해서 정말 미안해. 엄마가 그땐 너무 힘들어서 그랬어. 이해해 줄 거지? 이런 상황에서도 잘못된 길로 빠지지 않고, 공부도 열심히 하고 친구들이랑 아무 탈 없이 행복하게 지내 줘서 엄만 너한테 너무 고마워. 엄마는 우리 아들이 이렇게 커 준 게 너무 자랑스러워.

네 나이 7살 때 초등학교 조기입학을 시켰지. 어느 날 요 어린 녀석이 어느 날 전단지 한 장을 들고 와서 혼자 만지작거리는 거야. 뭘 저렇게 열심인가 했더니 바둑학원에서 광고용으로 뿌리는 전단지였어. 그 전단지에 실려 있는 바둑 문제를 몽땅 다 풀어놓고 TV바둑 방송 채널을 가만히 쳐다보고 있는 거야. 만 24개월에 책을 읽게 되고 과학사전을 마르고 닳도록 끼고 다니며 초롱초롱한 까만 눈으로 수많은 질문을 하던 너를 보며 엄마는 네가 어릴 때부터 다른 아이들보다 조금은 남다르다는 걸 알았지.

무엇이든 한번 재미를 붙이면 탁월한 집중력을 발휘하는 덕에 바둑 입문한 지 3개월도 안 되어 안산시장 배 바둑대회에 출전하던 날 엄마는 무심히 집에서 빨래하다 원장님의 전화를 받고 안산시청으로 갔지. 대회장은 많은 선수들과 취재진 관계자들로 북적였고 조그마한 어린 녀석이 토너먼트 식 대국에서 무패행진으로 8강까지 오르고 4강 준결승전을 끝내고 결승전에 오르고 있었던 거야. 경험 삼아 내보냈기에 아무 준비도 못 하고 인터뷰를 하는데 엄마가 얼마나 서툴렀는지 참 지금 생각해도 우스워.

2015년, 초등학교 6학년 때 [이희아의 피아노희망연주회]를 보고 이희아의 자서전을 읽고서는 엄마에게 했던 질문이 아직도 기억에 남는구나. "엄마! 성공하는 사람들의 대부분은 크고 작은 고난들이 있었는데 난 없었어요. 고난이 없었던 저도 성공할 수 있을까요?", "그럼, 당연히 너도 성공할 수 있지." 이때까지만 해도 우리 아들은 큰 고난 없이 미래를 향해 나아갈 수 있을 거라고 생각했어.

엄마의 전체 인생에서 가장 힘들었던 때가 언제인지 아니? 2015년 11월 13일 대학 수능 날 아침 전날 밤 밤새 끙끙 앓으며 참던 네가 119에 실려 가던 그날. 수능 한파에 잠옷 바람으로 실려 들어간 12살이 될 때까지 주사 한 대 맞아보지 않았던 녀석은 홀로 차디찬 수술대에 뉘어졌고 수술실 밖에서 기다리던 4시간은 엄마에게는 지옥에 떨어져 있던 것 같았다. 6학년이 되어 맡게 된 전교 부회장 일로 넌 너무 바빴어. 10월말 있을 학예회 준비며, 턱시도 입고 사회도 봐야 했고, 그해 12월 5일엔 대구교육청 2차 영재시험이 있었고, 2월

졸업식 행사도 준비하고 있었지. 그것도 모자라 매일 매일 해야만 했던 복습까지, 내가 너무 욕심이 과했던 거야.

엄마는 네가 다 큰 아이처럼 묵묵히 있으면서도 이렇게 곪아있었던 걸 알아채지 못했지. 늘 속으로 앓고 겉으로 내비치지 않는 녀석이란 걸, 늘 요구나 요청을 하지 않는 아들인 것을 엄마는 알면서도 간과하고 있다가 비로써 터진 거지.

많은 책임감과 과중한 일들로 평소 약했던 고관절에 면역체계가 무너지고 말썽을 일으킨 거야. 병명은 '급성 화농성 고관절염' 대학병원에서조차 1년에 한 명꼴로 나오는 환자인데다 나이가 너무 어려 수술 후 본격적인 치료과정을 견디어 낼까 하는 의문과 더불어 완치 후에 다리에 후유증이 남을지도 모르고, 30세가 되기 전 관절 치환술을 해야 하는 중한 상태라고 교수님은 말씀하셨어.

천 년의 시간보다 더 오랜 기다림 속에서 수술실을 나온 너의 아랫배에는 긴 관이 삽입되어 있었지. 하얀 속살은 찢어져 반쯤 꿰매놓은 상태였고, 그 관으로 몸속에 남아 있는 고름을 밖으로 다 빼내야 한다고 했지.

수술 후 밤낮없이 엎어져서 지내야만 했고 50일도 넘게 먹지도 자지도 못한 채 마약성 진통제와 독한 항생제로 까만 밤을 하얗게 지새우며 생사를 오가는 나날이 지속되었지. 너는 밤낮으로 죽는다고 소리를 지르고, 40도 고열에 오한과 발열에 시달렸으며, 환각 증세에 격리되기까지 했지.

수술한 왼쪽 다리 외에 오른쪽 다리, 엉덩이까지 전이의 의심으로 세 차례나 물 한 모금 못 먹고 종일 이어지는 검사에 시달려야 했어. 매일 고통에 울부짖던 너의 가녀린 팔은 더이상 주사 바늘 하나 꽂을 곳이 없었지. 그럼에도 새벽 4시면 의사들은 어김없이 피를 빼갔고, 쉴 새 없이 이어지는 방사선 치료에 퀭한 눈에 뼈만 앙상한 넌 그저 악을 쓰면서 울 수밖에 없었지. 우리 두 모자에게는 지옥 같은 날들이 이어졌었지. "엄마 나 죽을 것 같아. 차라리 죽여 줘."

처절히 울부짖던 소리가 내 가슴을 후벼 팠어. 고등학교 2학년 때 존경하던 아버지가 뇌졸중으로 우리 5남매 곁을 떠났던 순간보다, 내 나이 스물에 첫사랑으로 만나 열렬히 사랑하여 결혼했던 남편이 나를 배신하고 떠나고 그로 인해 파산에 이르게 되고 잘 나가던 내가 바닥으로 떨어지게 되고 어린 너 하나 안고 죽을까 생각했던 날은 아무것도 아니야. 네가 죽을 것 같다는 말에 비하면 어떠한 일도 아무것도 아니란 말이다.

태어나서 그리도 많은 눈물을 쏟은 적은 없었다. 꼭 살려내겠다고, 밤새 너와 함께 병마와 싸우며 주문처럼 너에게 약속했던 거 기억해? 엄마가 너 꼭 살려내겠다고, 다시 건강하게만 돌아와 달라고.

하나님이 간절한 내 기도를 들어주셨는지 첫눈이 펑펑 내리던 새벽 3시 즈음에 1달 반을 고공 행진했던 40도 고열이 거짓말처럼 떨어지기 시작했어. 매일 아침 7시 반이 되자마자 소아청소년과, 피부과, 내과, 정형외과 의료진들이 구름떼처럼 휘젓고 가는 일도 차츰 줄어들었지. 한 달 반을 엎어져서 꼼짝도 못했던 녀석이 백일짜리 신생아처럼 뒤집는 연습도 하고, 독한 항생제 때문에 먹기만 하면 토하던 녀석이 조금씩 물도 먹게 되었지. 퇴원하고 2달 동안 돌쟁이처럼 걷는 연습도 했었지. 우려와는 달리 절뚝거리는 장애는 피해갔지만 지나친 스트레스와 과로는 재발의 우려가 될 수 있으니 피하라는, 이 충고는 평생 가져가야만 한다는 의사의 사후 주의도 있었지만, 아무튼 너 퇴원해서 그토록 가고 싶다던 집으로 돌아와서 자고 일어난 아침, 수 날 동안 고통 속에서 소리 지르며 눈 뜨던 날과 달리 "엄마 이제 하나도 안 아파." 하며 행복하게 웃으며 아침을 맞았잖아? 엄마도 그때가 가장 행복한 순간이었어. 평범한 일상이 주는 행복을 느껴보지 못한 사람은 그 소중함을, 천금보다 귀한 그 순간순간이 주는 기쁨은 절대 모를 거야.

'맹모삼천지교'라는 말을 아니? 맹자의 어머니가 맹자를 바르게 키우기 위하여 세 번 이사를 하였다는 것에서 비롯된 말이야. 우리가 살던 서구는 교육환경이 좋지 않았기 때문에, 엄마도 맹자의 어머니처럼 네 교육을 위해 이사를 가기로 결심했어. 달서구로 이사를 오고 새로이 중학교로 진학해서 네 꿈을 마음껏 펼쳐 나가길 바랐지. 교육청 수학/과학 영재교육원에도 합격하고, 예습 복습도 열심히 하더구나. 정말 그대로만 해준다면 커서 뭐든지 될 수 있을 것 같았어.

그때 엄마가 일생일대의 실수를 한 거야. 엄마는 그때 네가 큰 병을 앓고 난 직후라 많이 지쳐 있었고 의지할 사람이 필요했어. 그때 마침 대전에 있던 지인과 눈이 맞은 거야. 몇 달간의 장거리 연애 끝에, 결국 두 가정을 하나로 합치기로 했지. 정들었던 친구들을 뒤로 한 채, 너는 엄마와 함께 대전으로 떠나와야만 했어. 하지만 엄마는 이 길이 옳다고 판단했고, 너의 동의도 있었기 때문에 서슴없이 떠나올 수 있었지.

두어 달간의 생활은 정말 행복했단다. 완전히 정반대로 살아왔던 두 가정이 만났음에도 불구하고 큰 트러블 없이 순탄하게 새로운 생활을 일구어 나갔지. 너도 새로운 형제가 생겨서 방학을 혼자 외롭게 보낼 일도 없었고, 엄마도 동행하며 서로 이끌어 줄 수 있는 사람이 생겨 정말 좋았어. 금전적 여유도 생겨서 우리 아들 맛있는 것도 많이 사줄 수 있고 사달라는 것도 다 사줄 수 있어서 정말 좋았어.

그러던 어느 날 밤, 새 아빠가 회식에 갔다 밤늦게까지 들어오질 않아서 엄만 방에서 혼자 자고 있었지. 그런데 갑자기 거실에서 고함소리가 들리는 거야. 화들짝 놀라서 침대를 박차고 거실로 뛰쳐나와 놓고 보니, 그이가 회초리를 들고 너희에게 화를 내고 있는 게 아니겠어? 영문도 모르고 혼나고 있던 너희들을 서둘러 방으로 돌려보내고, 계속 고함을 치는 그이를 타이르고 화도 내며 겨우 재우고 나서 너희들이 있는 방으로 들어갔지. 그때 네가 쏘아붙이듯이 내뱉은 "난 저딴 거랑 같이 못 살아." 그 말 한마디가, 비수가 되어 가슴에 꽂혔어. 항상 웃으며 긍정적으로 주변인을 대하던 네가, 친구도 아닌 어른에게 그렇게 공격적인 태도를 보이는 건 처음이었거든. 그때부터 어딘가 잘못되었다는 걸 느꼈지.

그이는 술에 많이 취했을 때면 항상 횡포를 부렸어. 그럴 때마다 너의 그이에 대한 인식은 점점 공격적으로 바뀌어만 갔고, 함께 생활하는 건 힘들어져만 갔어.

재혼을 선택한 지 6개월 즈음 되던 어느 찬바람 부는 겨울날, 엄마는 다시 원래의 위치로 돌아가기로 결심했어. 더이상 그이와의 생활은 즐겁지 않았고, 처음의 화목한 가정 분위기는 거의 사라져 있었지. 그이가 일을 하러 나가 있는 사이에 우리가 가져왔던 모든 물건들을 차에다 싣고, 네가 다니던 학교 앞에서 기다렸다가 차에 태워서는 다시 대구로 돌아와 버렸어. 엄마도 부모가 처음이라 자꾸 실수하고 시행착오를 한단다. 너는 어디서나 잘 적응하고 행복하게 살아갈 수 있을 줄로만 알았어. 엄마의 오판이었던 거야. 엄마 때문에 너한테 상처뿐인 기억이 생긴 것 같아 너무 안쓰러운 마음도 들고 또 미안해.

그럼에도 불구하고, '비 온 뒤에 땅이 굳어진다.'라는 옛말처럼 수많은 시련과 고난을 겪은 너는 누구보다도 어른스럽게 성장한 아이가 되어 있었지. 마음을 다잡고 목표를 향해 헤매지 않고 우직하게 나아가는 모습이 엄마 눈에는 너무 멋있어 보였단다. 그런 네가 어느 날 엄마 곁에 다가와서는 "엄마, 항상 제게 너무 집중하셔서 엄마가 하고 싶은 일을 못 하는 게 너무 죄송하고, 엄마의 삶을 소홀히 하는 게 아닐까 하는 생각이 들어요. 이제부턴 엄마가 신경 써 주시지 않아도 더 열심히 노력하는 아들이 될 테니 엄마도 나보다는 엄마의 삶을 더 가꿔 나갔으면 좋겠어요."라고 말해 주더구나.

그 말을 듣고, 엄마도 새로운 목표를 향해 나아가기로 했어. 서울사이버대학교 사회복지학과에 편입해서 네가 학교에 가 있는 동안 엄마도 집에서 강의를 들으며 공부하고 시험 기간이 되면 둘이 나란히 앉아서 시험공부를 함께하곤 했지.

며칠 전 주말에, 엄마가 독감에 걸려서 자리에 누워 일어나지도 못하고 끙끙 앓고 있었지. 그때 너는 엄마 옆에서 약과 죽을 챙겨주며 잠들 때까지 수건을 올려 주고 고열로 떨고 있던 나의 손을 꼭 잡아주었지. 밤새 엄마를 간호하느라 피곤했을텐데도 불구하고 아침부터 교회에 나가서 받은 초콜릿을 엄마 머리맡에 두고 성실하게 학원을 갔더구나. 그때 우리 아들의 따뜻한 마음에 엄마는 정말 큰 감동을 받았어.

어머, 벌써 시간이 이렇게 됐네. 내일 학교도 가야 하는데 엄마가 너무 오래 얘기했지? 미안해. 지금까지 해왔던 것처럼 앞으로도 어떤 힘들고 어려운 일이 있더라고 밝고 긍정적으로, 꿋꿋하게 참고 노력하며 씩씩하게 앞으로 나아가 주었으면 해. 엄마는 언제나 그런 네 뒤에 서서 변함없이 널 지켜줄게. 때로는 함께 고민하고 의지할 수 있는 든든한 친구이자 전우로, 때로는 힘들 때 기대어 쉴 수 있는 나무 그늘로, 때로는 필요한 것들을 지원해 줄 수 있는 든든한 조력자로써 항상 너와 함께할 거야.

아들! 엄마는 너를 세상에서 가장 사랑한다는 거 입버릇처럼 말해서 잘 알지? 자식은 부모를 바로 세운다고 옛 성인이 말했던 것처럼, 엄마를 언제나 바로 잡아주고 일으켜 세우는 건 바로 너였어. 부족하고 모자란 엄마의 아들로 태어나 줘서 너무 고맙고, 넌 나의 자랑이자 신의 선물이란다.

사랑한다, 아들!

말이 끊긴 지 3분이 채 되지 않아, 고른 숨소리가 들려왔다. 눈물이 흘러내리고 있었다. 어머니께서 깨지 않도록 숨죽여 흐느꼈다. 이전에도 어머니께서 과거에 대한 이야기를 해주신 적은 있지만, 이렇게 상세하게 들었던 것은 이번이 처음이었다. 언제나 긍정적인 모습만 보여주셨던 어머니이기에 나와 보낸 시간 속에는 즐거웠던 일만 있을 줄 알았다. 내가 태어난 일도, 아버지와의 이혼도, 안산으로 이사하게 된 경위도, 모든 일이 행복했을 줄로만 알았다. 언제나의 웃음 속에 칠흑같이 어두운 과거가 있을 줄은 상상조차 못했던 것이다.

나는 언제나 어머니의 마음을 헤아리지 못하고 속을 썩이기만 했다. 경험에서 우러나온 어머니의 충고를 무시하고, 짜증이 날 때면 한 마디 한 마디가 어머니의 마음에 비수가 되어 꽂혔을지 모를 말들을 마구 뱉어내기도 했다. 한때는 사춘기라는 핑계로 비뚤어져 공부는 안 하고 놀러 다니기만 했던 적도 있었다. 어머니께서는 그런 나를 보며 때리지도 심하게 혼을 내지도 않으셨다. 항상 타이르고 웃어넘기시며 내게 상처가 될 일들은 단 한 번도 하지 않으셨다.

주무시는 어머니의 얼굴을 흘깃 보니 여느 때와 같은, 같지만 같지 않은 따스한 미소를 짓고 계셨다.

어머니의 따뜻한, 하지만 어딘가 슬픔이 여려 있는 그 미소를, 나는 언제까지고 잊을 수 없을 것이다.

어머니께.

어머니, 안녕하세요. 어머니의 자랑스러운 아들입니다.

항상 제 생각만 하고 어머니의 속을 썩여서 정말 죄송합니다. 경험에서 우러난 진심 어린 충고도, 아무것도 모르는 저를 위해 항상 해주셨던 소중한 한마디 말도 가슴에 새겨두지 못하고 흘려들어서 정말 죄송합니다.

언제나 저 하나 잘 되도록 만들어주기 위해 모든 걸 투자하시며 힘들었던 과거에도 굴하지 않고 꿋꿋하게 살아가시는 어머니께, 행복한 환경에서 자랐음에도 불구하고 아무것도 해드리지 못하고 제멋대로만 살아왔던 제가 너무 부끄럽습니다. 앞으로는 어머니 말씀도 귀담아듣고 학업에 열중하며 어머니께서 항상 하시는 말씀처럼 사회에 환원하며 사는 아들이 되도록 하겠습니다.

존경합니다, 어머니!

가족사진

가족사진

서 현 욱

초등학교, 중학교 9년 동안의 학교생활을 마치고 새롭게 고등학교 생활을 시작하며 잠시 초등학교 입학 전의 나와 현재의 나에 대해 생각해본다. 분명히 많은 점이 달라져 있었다. 나의 성격, 생각, 마음 그리고 꿈조차도. 그리고 나의 부모님을 생각해보았다. 얼마나 많이 달라져 있을까. 전혀 달라지지 않았다. 나를 보시는 눈빛, 나를 먼저 생각해주시는 것, 나를 걱정하시는 마음. 많이 변해버린 나와 변하지 않은 나의 부모님, 이렇게 나는 나를 위주로 변해왔고 부모님은 변함없이 나를 위주로 살아오고 계셨다. 문득 두 분의 어깨의 짐은 과거와 현재 중 언제 더 적으셨을까 하는 의문이 들었다. 일상에서 묻어나오는 두 분의 사랑과 관심, 나를 항상 다정하고 사랑스럽게 대하시던 두 분의 모습. 그 안에서 힘든 기색을 찾기란 쉬운 일이 아니었다. 그래서 주말에 집에서 어머니와 아버지께 여쭈어보았다.

"혹시 나를 키우면서 가장 힘들었던 게 뭐야?"

내가 초등학교 때, 부모님은 맞벌이를 하셨다. 두 분 모두 퇴근 시간이 늦으셨기 때문에 할머니, 할아버지, 삼촌과 거의 모든 시간을 함께했다. 그러니 자연스럽게 부모님에게 나는 거리감을 느꼈던 것 같다. 어린 나이였기에 나는 부모님이 없을 때, 게임을 하는 것이 너무 행복했고, 부모님이 오시면 게임을 하지 못한다는 사실이 사랑보다는 두려움의 감정을 느끼게 하였다. 나에게 두 분은 나의 잘못을 혼내는 존재라고 느껴졌고, '다가가기 어려운', '위엄 있는', '무서운' 이런 단어들로밖에 부모님을 표현할 수 없었다. 그러던 중 초등학교 5학년 여름방학, 할아버지와 할머니가 다투는 일이 있었고 어린 나이에 나는 무서워서 울고만 있었다. 그렇게 울다가 잠이 든 나는 아버지와 어머니 두 분의 사이에서 눈을 떴다. 두 분은 거의 밤을 새우듯이 하고 내 옆에서 잠이 들어 계셨다. 그때부터는 부모님께 두려움이 전혀 느껴지지 않았다. 원래 할머니와 함께 잠을 청하던 나는 그날부터 부모님과 함께 자게 되었고, 자기 전 부모님과 함께 보는 드라마가 우리의 관계를 더욱 가깝게 해주었었다. 그러다가 하루는 부모님께서 말씀하셨다.

"미안해."

아직도 이유를 모르겠는데 그 당시 그 말을 듣자마자 눈물이 흘렀다. 부모님께 그 모습을 숨기고자 베개에 얼굴을 파묻고 눈물을 닦아냈다. 그리고 이어서 말씀하셨다. 좋은 모습만 보고 자라야 하는데 이런 모습을 보여줘서 미안하다고, 옆에 항상 함께 있어 주었어야 했는데 같이 있어 주지 못해서 미안하다고. 처음처럼 느껴지는 진지한 대화에 울음을 그치고 부모님께 웃으며 말했다.

"같이 없으니까 게임도 할 수 있고 좋던데 뭘."

어색한 분위기에 웃음이 도는 한 마디였다.

다시 질문으로 돌아가서 부모님은 나에게 마치 짠 듯이 동시에 말씀하셨다.

"직장생활로 함께 하는 시간이 거의 없었을 때 그냥 그 시간이 너무 힘들었어."

어떤 대답도 하지 못했다. 그저 이어 한 번 더 질문했다.

"아빠, 혹시 나 몰래 운 적 있어? 엄마, 혹시 나 몰래 운 적 있어?"

어머니는 바로 말씀하셨다.

"몰래 운 적은 없어."

아버지는 다른 것 같았다. 아버지가 어머니와 나 몰래 눈물을 보이신 적이 있다는 것이 나의 눈을 흔들리게 했다.

"삶을 살다 보면 감당해야 할 많은 역할이 있는데 그게 부딪히니까 숨이 가쁘게 느껴질 때가 있더라. 그때 왠지 모르게 힘들고 눈물이 나더라고."

항상 든든해만 보이던 아버지의 한 마디는 아버지의 역할. 가장으로서 역할, 맏아들로서 역할, 직장에서의 역할 뿐만 아니라 그 외 모든 역할에 대한 책임감을 느끼고 계신 아버지의 모습이 그대로 드러났다.

나는 아버지에게 막연히 기대고 싶은 마음을 가지고 있었던 것 같다. 아빠라고 하면 긍정적이고 항상 힘들 때 기댈 수 있는 그리고 웃으며 대화를 나눌 수 있는 좋은 분이었기에 아버지가 나를 뒤에서 받치고 계시기 위한 힘듦을 고려하지 않았다는 생각이 문득 들었다. 날 앞에서 이끌어가는 것으로 느껴지고 든든한 뒷모습을 보여주시던 아버지는 뒤에서 내가 추진력을 얻을 수 있도록 온 힘을 다해 밀어주고 계셨다. 아버지가 가지고 계신 여러 역할 중 하나였다. 아버지의 힘든 기색을 찾아내지 못한 나 자신이 그저 미웠다.

아버지가 말씀하신 것처럼 아버지는 여러 가지 역할들이 함께 하고 있었다. 가장으로서 아버지는 모든 가정사에 있어서 중요한 역할을 다하셨다. 할아버지와 가족의 다툼뿐만 아니라 어떤 논쟁에서건 아버지는 이성적으로 판단하시고 판단의 여파로 생긴 문제점 역시 먼저 나서서 해결하시고자 하셨다. 그런 아버지께서는 항상 혼자서 그 후의 감정들을 추스르셨다. 나로서는 생각도 못 할 힘듦이지 않았을까. 맏아들로서 역할 역시 아버지에게는 힘들게 느껴졌던 것 같다. 할아버지와 할머니께서는 어떤 일이 생기건 아버지께 먼저 연락을 하셨던 것 같다. 그런 상황에 아버지는 화나실 법도 했을 것 같다. 하지만, 아버지께서는 살갑게만 대하지는 못하더라도 항상 예의를 지키셨고 할아버지, 할머니와 가끔 문제가 생기더라도 마음 쓰시며 그 상황을 힘들어하셨다. 그런 아버지께서는 힘든 기색을 보이시지 않고, 누구보다 강인하게 우리의 가족을 든든히 지켜주고 계셨다. 어머니께는 신뢰를 저버리지 않는 남편으로 나에게는 믿고 기댈 수 있는 아버지로, 할아버지 할머니에게는 든든한 맏아들로, 그리고 나의 삼촌과 고모에게는 최고의 형이자 오빠로. 그런 아버지를 깊게 생각하려고 하지 않았던 나인데 아버지는 우리 가족에게 사과하셨다.

"근데, 아빠가 미안한 게 너무 많아. 아빠는 아빠 주위를 많이 둘러보지도 않고 너무 아빠가 원하는 것을 향해서만 바라보고 달려온 것 같아."

전혀 예상치도 못했고 그렇다고 생각지도 않았던 답변이었다. 하지만, 아버지의 입에서 그런 말씀이 나오니 당황스러웠다. 누구보다 든든하게 나의 뒤를 지켜주던, 그리고 나의 앞을 이끌어주던 아버지에게서.

그런 아버지께 미안한 마음을 담아 한 번 더 여쭈어보았다.

"아빠 나한테 섭섭했던 거 있어?"

"내가 어떻게 자랐으면 좋겠어?"
"내가 대학 가면 나랑 같이하고 싶은 거 있어?"
아버지의 대답 속에서 내가 고칠 수 없는 일이나 내가 할 수 없는 어려운 일은 없었다.
"아빠가 잔소리할 때 짜증 낼 때 조금 섭섭해……."
"네가 착하고 건강하게 지금처럼만 자랐으면 좋겠어."
"대학 가면 엄마 아빠랑 같이 순례길 걸어보자."
아버지가 나를 사랑하시는 마음이 그대로 전해졌다. 최고의 아들이 되지 못했던 나에게.

아버지는 어떤 아버지들보다 나와 대화하는 것을 즐기신다고 확신할 수 있을 것 같다. 물론, 내가 힘든 일이 있을 때 격려를 원하는데 현실적인 말을 뱉을 때는 밉기도 하다. 그래도 나는 이런 아버지가 좋고 항상 감사를 드린다. 고등학교 입학증을 받으며 부모님이 나에게 쓸 편지지를 받았을 때, 바로 아버지께 부탁을 드렸다.
"편지 쓰는 거 이번에는 엄마 말고 아빠가 한 번만 써줘. 너무 받아보고 싶어."
아버지는 처음에는 귀찮아하시는 듯했는데 다음 날 학교에 갈 채비를 마친 나에게 두꺼운 편지봉투를 내밀어주셨다. 잘 다녀오라는 말과 함께.

어머니께 여쭈어보았다.
"엄마 진짜로 운 적 없어?"
어머니는 나에게 정말 많은 애정표현을 하셨고 나의 행동으로 인해 감정이 달라지는 게 눈에 보일 만큼 나를 사랑하신다는 것이 느껴지는 정말 최고의 엄마였다. 그렇게 어머니가 나를 사랑하시는데 나는 어머니에게는 사랑한다는 말 하나 쑥스럽다는 이유로 제대로 전하지 못하고 어머니께서 학교 이야기를 궁금해할 때, 이야기 하나 제대로 안 해드린 것이 너무 후회되던 찰나였다. 어머니는 대답하셨다.

"운 적 있지. 근데 이야기하면 또 눈물이 날 것 같아."

어떻게 대답을 드려야 될지 몰랐으나 어머니께서는 바로 이어 말씀하셨다.

"그냥 이야기해줄게. 유치원 때? 아까도 말했지만, 엄마가 직장 일에 시간을 많이 보냈잖아. 그러다가 유치원 체육대회가 있어서 할머니랑 아빠랑 엄마랑 같이 너 보러 갔는데 아무리 봐도 네가 어디에 있는지 못 찾겠는 거야. 근데 옆에서 할머니가 너를 보고 바로 찾으시더니 너는 네 애가 어디 있는지도 못 찾냐면서 장난처럼 말씀하시는데 그게 너무 서러워서 화장실에 가서 정말 오래 울었어. 할머니 말씀이 서운해서가 아니라 너랑 같이 있지 못하고 함께할 수 없었던 시간이 너무 슬퍼서."

나는 몰랐던 어머니의 울음. 그걸 이제 와서야 알게 된 나였다.

어머니께 이야기를 더 듣고 싶었다. 애정표현과 장난기로 이야기를 나누던 우리에게 진지하면서도 좋은 이야기들이 오고 가는 것 같아서. 어머니가 보시는 나에 관해 이야기를 더 듣고 싶었다. 어머니는 할아버지 할머니와 같이 살았기에 그때의 나는 몰랐으나 이제 와 생각해보면 어머니가 참 힘들었을 것이라고 생각이 든다. 어머니는 아버지보다도 더 할머니 할아버지에게 살갑게 다가갔고 중재자의 역할 또한 다하면서 가족의 분위기를 좋게 만들어주는 것이 어머니의 모습이었다. 그런 어머니와 10년째의 학교생활을 시작하는 내가 이제서야 어머니가 보는 나와 내가 보는 어머니에 관한 이야기를 시작하였다.

엄마는 초등학교 때까지 무서운 존재였다. 나를 조용한 말투로 혼내는. 하지만, 이제는 그렇지 않다. 사랑스러운 눈빛, 사랑스러운 말투, 사랑스러운 표정 모든 것이 뜨거운 햇살처럼 나를 밝게 비춘다. 그런 어머니가 말씀하신다. 사랑스러운 말투, 눈빛, 표정으로.

"사실, 엄마는 살아가면서 1순위는 항상 엄마여야 한다고 생각했어. 그리고 그 생각은 지금도 똑같아. 근데, 행동이 그렇게 안 되더라고. 지금 너의 아빠와 결혼을 하고는 상황에 따라 1순위가 계속 바뀌기도 하였고, 네가 태어나고 나서는 인생의 1순위가 너인 것처럼 행동하게 되더라. 네가 하는 말 한마디에 웃고 울고 네가 들려주는 이야기에 좋아하고 힘든 일들도 다 잊고. 엄마에게는 너만큼 소중한 존재가 없는 거야. 너를 고등학교에 보내며 엄마와 너를 되돌아봤을 때, 내가 너에게 못 해준 게 너무 많이 생각이 나. 항상 잘해주고 싶었는데, 그러지 못했던 것 같고 어쩌면 너에게 상처를 준 적이 있진 않을까 항상 고민하기도 해."

내 생각은 달랐다. 아무리 되돌아봐도 어머니가 나에게 못 해준 것은 단 하나도 없었다. 내가 엄마에게 실망을 끼쳐드리고 슬프게 한 적은 있을지 몰라도. 바로 엄마에게 마음속으로 대답했다. '내 기억에서 엄마는 최고의 존재였다고. 그런 생각할 필요 없다고.' 이런 내 마음을 알 리 없는 어머니는 계속 이야기를 하셨다.

"엄마는 엄마가 힘들 때, 함께 그 힘든 일을 겪어주고 이해해주고 옆에 있어 주는 아빠와 그 일을 이제는 조금은 함께 들어줄 나이가 되어 함께 얘기해주는 너에게 참 미안하고 고마워. 벌써 네가 고등학생이라는 게 참 기쁘면서도 슬프다. 함께 있을 시간이 점점 적어지는 것만 같아서."

길어질 것만 같던 대화는 거기서 끝났다. 내가 멈추지 않는 눈물을 계속 닦아내고 있었기 때문이다. 그 눈물의 이유를 정확히 알지는 못

하겠다. 아마도 내가 고등학생이 되었기에, 함께할 수 있는 시간이 적어진 것이 사실이기에 눈물이 흐른 것이 아닐까.

그랬던 우리는 더 멀어질 수 있음에도 기숙사를 신청하고 어머니는 눈시울이 붉어지면서 이야기를 꺼냈다.

"기숙사 들어가자고는 엄마가 말했지만, 우리가 떨어져서 사는 연습을 하는 것 같아서 진짜 너무 힘들다."

그러면서, 기숙사로 들어갈 채비를 마친 나에게 아빠에게서 받은 편지봉투와 같은 것을 넣어주었다. 기숙사 들어가면 읽어보라는 말과 함께. 그리고, 기숙사에 들어와 한층 더 두꺼워진 편지봉투 속 한 번 읽었던 아빠의 편지와 새로 들어온 엄마의 편지를 읽는다.

우리 아들 현욱이에게

너는 엄마에게 너무나 소중하고 사랑스런 아들이야.

너를 키우면서 엄마는 항상 감사했어. 바르게 잘 크고 있어서 감사하고, 나쁜 습관을 배우지 않아서 감사하고, 친구들을 차별하지 않고 사귀어서 감사하고, 가족들을 위하고 사랑하는 마음을 가지고 있어서 감사했지.

한번은 엄마조차도 별로 사귀지 않았으면 하고 내심 생각하던 친구를 네가 보듬는 모습을 보면서 엄마 스스로 반성한 적도 있었어. 그리고 초등학교 2학년 때 할머니가 길에서 갑자기 어지럽다고 주저앉으셨을 때 약도 사 오고 할머니 기력 찾으실 때까지 옆에서 있어 줬던 거 기억나? 엄마가 그 얘기 듣고 너무 대견해서 너를 꼭 안아 주었었는데…….

그렇게 잘 자라준 현욱이가 이제는 고등학생이 되었고 엄마에게 든든한 아들이 되어 주고 있지. 이만큼 커버린 너를 생각만 해도 가끔은 울컥, 눈물이 나기도 해. 이제 함께할 수 있는 시간이 얼마 없을 것 같아서 그런가 봐

하지만 지금 너와 함께 할 수 있는 이 모든 시간에 더 감사하려고 노력한단다.

잠깐씩 주고받는 문자, 귀여운 이모티콘, 힘들 때 보여주는 약간의 짜증스런 말투.

엄마~~라고 다정하게 불러주는 너의 목소리까지 모두 다 소중하게 생각해.

그리고 지금보다 더 성장한 너의 모습을 그려 보기도 한단다.

엄마가 그려 본 미래의 너는 참 행복해 보여.

네가 살고 싶은 삶을 책임감 있게 잘 준비한 모습이거든.

밝은 얼굴에 힘 있고 확신에 찬 너의 일하는 모습은 너무 멋있기까지 해.

아들~~ 너에게 고등학교 3년은 조금은 힘들 수도 있을 거야. 많은 수업과 과제, 여러 가지 활동들이 너를 힘들고 바쁘게 할 수도 있어.

하나하나를 풀어가고 받아들이는 과정이 부담스럽고 한숨 쉬게 할 수도 있겠지만, 우리 아들은 잘 해낼 수 있을 거라고 믿어. 너는 너 자신을 사랑하는 법을 알고 어떤 것이 옳은지 지금까지도 잘 이해하며 자라주었으니까.

힘들 때, 쉬고 싶을 때 항상 엄마가 옆에 있을게. 오늘처럼 잠시 엄마 무릎을 베고 귀를 파면서 깔깔 웃고 다시 힘을 낼 수 있도록 그렇게 너의 옆을 지킬게. 들어도 스스로 해결하는 모습, 포기가 아니라 도전을 위해 노력하는 너의 모습을 보면서 엄마도 힘을 낼 때가 많아. 이렇게 우리, 우리에게 주어진 것들을 성실히 잘해나가자.

그리고 고등학교를 졸업하는 날, 그동안의 모든 것들을 표정에 담아 가족사진 하나 찍자.

너를 너무 사랑해서 가슴속의 말을
다 표현하지도 못하는 아들 바보 엄마가.

우리 아들 현욱이에게

2003년 7월 5일 오전 9시

이날 아빠는 기쁨의 눈물을 감출 수가 없었단다. 이렇게 편지를 쓰면서 다시 생각해도 입가에 미소가 맴도네.

그렇게 엄마. 아빠의 등으로 따스하게 다가왔던 현욱이가 벌써 고등학생이라니……. 어릴 때는 아빠 배 위에서 새근새근 잠을 잤고, 아파트 계단을 엉금엉금 기어 올라가기도 하고 미용실에서 이발하려면 너를 안고 같이 해야 했지.

이렇게 편지를 쓰니 처음 어린이집 갈 때 어린이집 가기 싫어 울 때는 엄마 아빠도 참 힘들었던 기억이 나네. 유치원 졸업 발표회 때는 현욱이 모습에 엄마 아빠가 반하기도 하고…….

그렇게 영원히 어린 모습으로 엄마 아빠의 품에 있을 것 같았는데 어느덧 고등학생? 초등학교. 중학교 다닐 때까지만 하더라도 아직은 엄마 아빠 품에 있는 것 같다는 생각이 많았는데 문득 고등학생이라고 생각하니 갑자기 현욱이가 어른스러워 보이는 이유는 뭘까?

편지를 쓰면서 되돌아보니 우리 아들 진짜 잘 컸구나. 라는 생각이 드네. 아빠의 기억에는 아직까지 한 번도 엄마 아빠를 힘들게 한 적이 없는 것 같고, 최근에 혼자 있는 시간이 많은데도 엄마 아빠를 이해해주는 모습……. 진짜 다 컸다. 착하고 건강하게 커 줘서 진짜 우리 아들 고맙다.

사랑스럽고 잘생긴 우리 아들!

홀로서기를 시작하는 너의 모습에 조금은 섭섭한 마음도 있지만 그래도 아빠는 든든하다. 고등학생이 됐으니 이제는 네가 하고 싶은 것을 찾아가는 시간이 되었으면 좋겠다. 네가 하고 싶은 일이라면 적극적으로 지지해 줄 거니까 앞으로 펼쳐질 너의 고등학교 시절이 훗날 즐거운 기억으로 남았으면 한다.

아들! 힘들고 지칠 때 뒤돌아보면 항상 엄마 아빠가 있을 거니까 네가 하게 될 모든 선택 두려워하지 말고 해보자. 파이팅!

현욱이의 든든한 조력자이고픈 아빠가.

언제나 나를 사랑스럽게 바라봐주는 엄마 아빠에게

엄마, 아빠 사랑해. 부끄럽다는 이유로 말 못 했지만, 마음속으로는 항상 사랑한다는 말을 하고 있어. 항상 누구보다 나를 먼저 생각하고 사랑해주는 엄마 아빠의 아들로 태어나서 행복해. 든든히 가족을 지켜주는 아빠처럼 우리 가족을 항상 먼저 생각하고 행동하는 엄마처럼 이제부터는 나도 항상 가족을 생각하고 행동하는 든든한 아들로 성장해 갈게.

함께하는 시간만큼 많은 추억도 남기고 그 소중한 시간을 사진으로 남기고 엄마 말처럼 우리 고등학교 졸업하고 사진 한 장, 우리 셋의 모든 행복한 감정을 담은 사진 한 장을 꼭 찍어서 네모난 액자에 걸자. 다음 생에도 엄마 아빠의 아들로 태어날 수 있다면, 그때는 지금보다 더 멋지고 살갑게 엄마 아빠에게 애정을 표현할 수 있는 아들이 될게. 항상 웃으며 서로를 바라볼 수 있는 매일을 살자.

하루하루를 웃으며 기억할 수 있는 가족사진을 찍으면서.

든든한 아버지와 다정다감한 어머니를 정말 좋아하는 현욱이가.